KARLÉN / ALS DER STURM KAM

BARBRO KARLÉN

Als der Sturm kam

Nachwort von Thomas Meyer

PERSEUS VERLAG BASEL

Das Aquarell auf dem Umschlag stammt von
Marianne Wachberger

Übersetzung aus dem Schwedischen von
Cristina Scherer und Thomas Meyer

Die schwedische Originalausgabe ist 1972
unter dem Titel *När stormen kom*
bei Zindermans, Göteborg, erschienen.

© Copyright der deutschen Fassung by Perseus Verlag Basel

Satz: Futura Desktop AG, Münchenstein
Druck: Zbinden Druck und Verlag Basel

ISBN 3 – 907564 – 18 – 9

INHALT

7
Als der Sturm kam

87
Nachwort

ALS DER STURM KAM

Über grünen Baumeswipfeln
wölbt sich grenzenlos der Raum.
Kurzer Weg der Zeit – er schwindet:
Ewigkeit zeigt ihren Saum.
Liebe über alle Grenzen
strahlt auf den erwachten Wald.
Die Natur hebt an zu sprechen:
«Kleine Erde, hör mein Wort!

Hör, wie ich dich ruf' im Frieden.
Wald und Wiesen, Stadt und Land:
Ich, Natur, schenk' euch nur Freiheit.
Weit entfernt von Joch und Zwang,
nehmt ihr Speisen aus der Erde –
ich, Natur, verleih' sie euch.
Sieh, wie beide, Blatt und Blume,
sich ein reines Lächeln gönnen.

Um den Hügel sind sie einig,
einig um den kleinsten Acker.
Sieh, wie sich das blaue Veilchen
vor dem Löwenzahn verneigt.

Sieh nur, wie die stolze Fichte
eine kleine Linde schützt!
Sieh, wie leichter Frühlingswind
Anemonen-Tränen trocknet.

Horch, nun hört man Vogelzwitschern:
neu erwacht sind meine Kinder.
Buchfinken in schöner Tracht,
Männchen, Weibchen rufen munter.
Liebe hat ihr Nest gebaut;
junge Vögel birgt es bald.
Den Menschen sagen sie ganz laut:
So sollst du selber leben.

Die Freiheit ist – so lehren sie –
nichts, was man an sich nehme:
Aus jedem Dinge leuchtet sie,
tönt ihre Rätselstimme.
Doch wir müssen lieben lernen
auch das kleinste Gras und Blatt.»
So höre nun, du kleiner Mensch,
worum Natur dich bat:

«O Mensch, erfühle deine Pflicht,
und gleiche nicht dem wilden Tier!
Jedoch: Wie wurde es denn wild?
Der Mensch setzt' es gefangen!
Es war ganz gegen mein Gesetz,

als er verheerte Wald und Feld.»
Da flüstert weise die Natur:
«Du littest, Erde, nun genug!

Voll Gift ist bald schon jeder See
durch Müll von Menschenhand.
Der Wind verbreitet es noch mehr
durch jedes Erdenland.
Die Luft wird ständig mehr verschmutzt,
der Sauerstoff nimmt täglich ab.
Und wenn der Mensch nicht mehr erkennt,
daß er das All-Gesetz verletzt,

kehrt die Natur mit Macht sich um,
nimmt alle ihre Weisheit mit,
stellt alles auf den rechten Platz,
renkt alles ein, was bisher krumm.
Der Mensch, ganz schreckerfüllt, erlebt,
wie sich Natur vor ihm erhebt;
der Mensch soll sehen, daß es wahr:
Natur zu stören bringt Gefahr.»

«Doch, kleine Kinder», sagt Natur,
«nicht gleich kommt das Gericht.
Noch habt ihr eine Gnadenfrist,
ihr Völker, zur Besinnung.
Vergiftet nicht mehr die Natur,
und lebt im Einklang mit uns selbst.

Sonst schlagen wir ganz hart zurück
und lassen alle Kräfte los!»

So sprach in einer stillen Nacht
zu Erdenkindern die Natur.
Das kleine Kind, es lauschte sacht
auf dieses Weisheitswort.
Es streckte seine Arme aus,
zur Seele der Natur empor.
Natur und Kind umarmten sich
und flüsterten –
«Es wird noch alles gut.»

Durch die Wipfel aller Bäume ging ein Rauschen. Schon hatten sich die Vögel im Geäst verkrochen. Sie ahnten eine drohende Gefahr. Die Menschen auf der Erde liefen hastig da- und dorthin. Ein Gewitter zog herauf. Große dunkle Wolkenmassen jagten einander über den Himmel. Der Sturm brach los. Hart und ohne Schonung fegte er heran. Das war kein gewohnter Sturm. Das war die lebende Natur, die den Erdbewohnern nun den Krieg erklärte. Lang genug schon hatte sie die Übergriffe ausgehalten, die sich die Erdenmenschen gegen sie zu leisten pflegten. Sie hatte das Gefühl, daß sie in diesem Kampfe unterliegen und vernichtet würde, wenn sie nicht dem Menschen zeigte, daß das Weltall stärker ist als er. Lang genug hatte sie mitangesehen, wie die Menschen schlimm und schlimmer wurden.

Die Natur war nun am Ende der Geduld. Sie sagte sich: «Ich fange damit an, über diese bös gewordene Erde Stürme loszulassen. Will sehen, ob die Menschen dann vielleicht verstehen, daß ich am stärksten bin. Vielleicht genügt es, Wälder, Täler, Straßen, Wiesen sowie Menschenhäuser etwas durchzuschütteln. Aber ich muß sacht zu Werke gehen», dachte die so Hartgeprüfte, «damit ich nicht den Tieren und den Pflanzen zuviel schade. Doch sie haben ja versprochen, etwas von sich selbst zu opfern, um mir dabei zu helfen, den Menschen klarzumachen, wo ihr Platz auf Erden ist. Schon den größten Teil der Erde hat der Mensch mit seinem Gift verseucht. Sogar sich selbst. Die Luft ist ganz verpestet und weithin Land und Meer.» Die Natur hat diesen Krieg, den sich die Menschen selber zugezogen haben, schon seit langem vorbereitet. Nun mußte sie mit tiefer Sorge sehen, wie sich die kleinen Vögel ängstlich in den Wald verkrochen. «Ein paar Wälder will ich für euch reservieren, ihr kleinen Höhenkinder, die ihr niemals andern übeltatet.»

Immer schlimmer wütete der Sturm. Die Menschen rannten durcheinander wie verschreckte kleine Mäuse und suchten Schutz vor den herabstürzenden Bäumen, Dächern oder Planken, die abgerissen worden waren. Sie gerieten mehr und mehr in Panik. Den Menschen wurde angst und bange, und sie begannen ihre Kleinheit zu empfinden. Das freute die Natur. «Vielleicht brauch' ich nicht *mehr* Gewalt zu zeigen. Vielleicht erkennen nun die Menschen, wie gefährlich es doch ist, gegen mein Gesetz zu leben», so dachte sie.

Der Sturm brach ab. Tier und Mensch wagten sich aus den Verstecken. Natürlich freute sich ein jeder, daß das Unwetter zu Ende war. Doch hatten die Menschen etwas daraus gelernt? Nein! Keineswegs! Sie führten weiter Kriege, vernichteten sich gegenseitig und fuhren fort, ihr Todesgift auf der ganzen Erde zu verbreiten.

Da mußte die Natur schweren Herzens zu noch schärferen Mitteln greifen, um dem Menschen klarzumachen, wer im Weltall herrschte. Die Natur selbst war die höchste Herrscherin im ganzen Universum; sie unterstand direkt dem größten Herrn von allen Welten.

Doch wie sollte man die unzähligen Übeltaten zählen, die nur immer schlimmer wurden? Die Menschen machten von den umgestürzten Bäumen ganz verschiedenen Gebrauch. Das war ja auch nicht falsch, doch das war nicht gemeint gewesen.

Die Häuser, die beim schweren Sturm einstürzten, wurden wieder aufgebaut. Manche Menschen, die zwischen umstürzende Bäume oder auch herumfliegende Gegenstände geraten waren, hatte es so schlimm getroffen, daß sie die Welt verlassen mußten. Doch auch das bewirkte keine Änderung. Auch das bedeutete gewissermaßen nichts. Man setzte einfach andere an ihre Stelle. Und diese wurden oft noch schlimmer als die, die weggefallen waren.

Was sollte die Natur nur tun, um wirklich bis ins Innerste der Erdenwesen vorzudringen? Sie, die voller Wohlwollen für alle Wesen ist, wollte nun den kleinen Erdenwesen zeigen, wie sie miteinander und auch mit den Kräften der Umgebung in bester Freundschaft leben konnten. Die Natur ist weder «er» noch «sie» und auch nicht «dies» und «jenes». Darum ist es ja auch so schwer, ihr einen rechten Namen zu verleihen. Wenn ich übersetzen soll, was die Natur im Grunde ist, so ist sie wohl am besten dem *Empfinden* großer Mächte zu vergleichen. Die Empfindungen der Menschen, Tiere und der Pflanzen können ja auch nicht als männlich oder weiblich gelten. Da dachte die Natur: «Die Erde bitte ich um Hilfe. Vielleicht kann sie mir helfen, Ordnung unter die Erdenmenschen zu bringen, die mir so beschwerlich werden.» Es war gewiß ganz schlimm und traurig, daß jedes nur erdenkliche Mittel aufgeboten werden mußte, um diese Ordnung zu erreichen, die für eine rechte Welt nun einmal nötig ist.

Die Erde war zunächst ein wenig unschlüssig, doch als die Natur ihr deutlich machte, daß sie viele, wenn nicht alle Lager für Gefangene und andere schlimme Dinge, die es auf ihr gibt, loswerden könne, da willigte die Erde ein.

«Doch wie soll das gehen?» fragte die Erde.

Und die Natur begann ihr zu erklären:

«Erde», sprach sie, «du weißt, daß viel Blut auf dir geflossen ist. Menschenblut und Blut von Tieren. Du weißt auch, daß die Menschen, denen du die Heimat bist, sich streiten und sich schlagen. Kaum einer mag dem andern etwas gönnen. Alle kämpfen um die Macht. Den Menschen fällt es schwer, sich friedlich zu vertragen. Fast alle haben keine Ahnung mehr, was der Sinn des Erdendaseins ist. So lange haben doch die Menschen Zeit gehabt, in ihre Gedanken Ordnung zu bringen – haben sie doch freien Willen und Verstand bekommen!

Doch wie haben sie davon Gebrauch gemacht?

Am meisten wohl, indem sie alles Gute, und davon so viel wie möglich, an sich rafften. Sie haben allerlei Gesetze sowie Vorschriften erlassen, die mir ganz fremd sind. Wir müssen ihnen nun zu ihrem eignen Besten ihre Kleinheit innerhalb des unbegrenzten Weltalls des Allmächtigen vor Augen führen. Ihnen zeigen, wie Natur-Gesetze wirken. Es ist ganz falsch, daß es auf Erden Herren und auch Sklaven geben soll.

Kein Mensch ist mehr wert als ein anderer. Sind doch alle von der gleichen hohen Macht erschaffen worden. Auf die Schätze dieser Erde haben alle Anrecht. Die Menschen haben sich in diverse Zweige eingeteilt; «Rasse» nennen sie dieselben. Eine Zeitlang, arme Erde, versuchten ein paar Machtbesessene, eine ganze Rasse auszurotten. So haben böse Mächte Zeitalter um Zeitalter gewütet.

Nun dachte ich, daß du, Erde, und ich, Natur, eine Änderung bewirken könnten. Und da soll der Mensch, in seiner Herrschsucht über Gut und Böse, gar nichts mitzureden haben. Nein, seine Kleinheit soll er fühlen, Demut soll er fühlen lernen. Lernen, dich, o Mutter Erde, und auch mich, Natur, zu achten. Lange ließen wir ja Nachsicht walten, doch nun ist der Augenblick erreicht, wo eine Wende kommen muß.

Erde, öffne einen tiefen Abgrund unter den Füßen schlechtgesinnter Wesen; die jedoch, die Gutes taten, sollst du mir verschonen. Öffne dich auch unter den Gefangenenlagern, wo viele Unschuldige liegen, und schließ dich rasch über ihren abgequälten Erdenleibern, damit sie in ein schöneres Reich gelangen, um dann von dort in eine bessere Welt zu wandern, sobald die Allmacht ruft: ‹Werde!›

Auf diese Weise können wir zwei, du und ich, der einzig großen guten Macht des Weltalls helfen, die Erde zum bescheidenen und wesensfreundlichen Planeten zu gestalten, wie es von Anfang an gedacht war.

Da können dann die Erdenwesen ihre Ohnmacht klar erleben und erkennen, daß alle Macht und aller Reichtum zu nichts taugen. Die, vom Erdenstandpunkt aus betrachtet, Hochgestellten werden sich im Augenblick der Not hilfeflehend an die eigenen Sklaven wenden.

In ihrer selbstverschuldeten Verzweiflung wird ihnen der Gedanke ihrer sogenannten hohen Herkunft gänzlich schwinden, so wie die Dunkelheit von Lichtstrahlen verdrängt wird. Doch, Mutter Erde, umsonst erlangen wir dies alles nicht; nein, wir müssen selbst dabeisein und die geplagten und gepeinigten Geschöpfe sehen. Mutter Erde, du wirst gar viele in dich hineinverschlingen und den Verzweiflungskampf all dieser Unglückswesen fühlen; du wirst erleben, wie dein ganzer Leib erbebt von all der Schlechtigkeit. Du wirst erkranken, und ich, deine Freundin, werde dir dann helfen, wieder zu gesunden. Doch zuvor mußt du alles Böse, das du gehorsam schlucktest, wiederum hinausspeien. Dein ganzes Inneres wird in Aufruhr kommen, und die Überlebenden werden dafür manche Namen haben: Vulkanausbruch, Erdbeben, Überschwemmungen. Es wird wohl eine Zeitlang dauern, aber du wirst heil und licht daraus hervorgehen. Doch sei darauf gefaßt, daß es dir weh tun wird, sehr weh.

Was dir und mir am meisten Leid bereiten wird, ist der unmenschliche Schmerz, den Lebewesen leiden müssen.

Doch Erde, du und ich, wir wissen beide, daß dies nur die unabänderliche Erfüllung der gerechten, ewigen Gesetze ist. Ja, du Erde, jetzt naht die Weltenstunde, im großen Weltenall, das an sich zwar keine Zeit kennt; doch wir beide, du und ich, wir müssen doch die Zeit angeben, solange wir mit Erdenwesen Umgang haben. – Gleich werde ich den Bruder Sturm herrufen, der dir vor allem helfen soll, die zu Unrecht Unterdrückten in deinen Arm zu schließen. Der Sturm wird dann die aufgepeitschten Meere über Länder jagen, das Wasser wird dann in dein Inneres dringen und dir helfen, deine Arme an der rechten Stelle und zum rechten Erdenzeitpunkt aufzumachen.

Jetzt müssen wir ganz stark sein, Erde, und in nichts nachgeben, bis alle niedrige Roheit sowie Falschheit vom Planeten weggetilgt sein werden. Die Geschöpfe werden rufen, es sei ein Strafgericht, das ihre Erde heimsucht. Ach, du Erde, wie wenig wissen doch die armen Wesen! Zwar gab es auf dir, Erde, auch weise Wesen, die von den gerechten, ewigen Gesetzen sprachen. Doch die meisten haben Hochmut sowie Machtgelüste den Reden dieser Weisen vorgezogen. Darum ist die große Änderung notwendig. Mutter Erde, sei bereit:

Jetzt kommt der Sturm!»

«Es sieht so aus, als käme nochmals ein Gewitter», sprach die hoheitsvolle, stolze Königin zu ihrem königlichen Gatten. «Sag den Dienern, sie sollen in den Schloßpark gehen und die Stützpfosten um die alte Eiche noch verstärken, damit sie nicht entwurzelt wird, wie es beim vorigen Unwetter mit der Linde etwas weiter unten geschehen war. Sag auch sämtlichen Bediensteten, und zwar ausnahmslos, sie sollen sich bereithalten, zu schützen, was zu uns und unserem königlichen Schloß gehört.»

Der König schaute durch das große Schloßfenster hinaus. Er sah, wie sich große, fast grauschwarze Gewitterwolken am Himmel immer höher türmten. Er verspürte eine unerklärliche Unruhe im Herzen. Der König war von gütiger und feiner Wesensart, er wollte immer nur das Gute; doch oftmals wurde er von der machtgierigen und herzlosen Königin dazu getrieben, Dinge auszuführen, die ihn zum Schatten seines wahren Menschen–Iches machten. Wie ein schleichendes Gift durchdrang die Königin sein ganzes Erdendasein. Mit schönen Kleidern und mit sanften Schmeichelworten köderte sie ihn. Mit Worten, die so leer und ohne Inhalt waren wie eine eben hergestellte Konservendose, auf welcher erst ein schönes Etikett klebt, und der noch aller gute Inhalt fehlt.

Ach, wie oft schon hatte er nicht ein Gebet zum Allerhöchsten Herrn gesandt, Er möge ihn aus dieser Schreckenswelt erlösen. Er konnte ja den Platz als Landeserster nicht einfach selbst verlassen und sagen, die Königin sei daran schuld. Nein, er war ein guter Mann, der auch weniger gute Menschen mochte.

Die Finsternis wurde immer dichter. Der Sturm immer stärker. Bäume wurden wie Streichhölzer übereinandergeworfen, die kleinen Häuschen, die im Schloßpark standen, wurden abgedeckt. Das Unwetter wurde immer schlimmer, immer schlimmer.

Die große Eiche, der Lieblingsbaum der Königin, wurde jetzt wie eine Roggenähre vom Sturmwind hin und her gebogen.

Scheinwerfer fegten vom Schloß zum Park hinaus. Die Königin sah, wie sich «ihre» Eiche gleichsam in Todeskrämpfen wand.

Einmal, es war vor langer Zeit, war ein kleines Bettelweib zum Schloß gekommen. Die Königin konnte sich an jedes Wort erinnern, das die alte Frau gesprochen hatte. Sie wußte zwar nicht mehr genau, weshalb sie dieser armen Bettlerin überhaupt ein Ohr geliehen hatte; denn sie empfand vor aller Armut und vor Menschen, die ihr wertlos schienen, schon von jeher Abscheu. Doch etwas an der armen Frau hatte sie dennoch in Bann gezogen. Und gerade heute, an diesem schauervollen Abend, da die Eiche, die ihr ganzer Stolz war, bis ins Innerste erschüttert wurde, traten ihr die Worte jener Frau erneut in das Bewußtsein:

«Glaub nicht, daß eine Königin Königin für ewig sei. Die Gerechtigkeit des Allerhöchsten ist nicht so beschaffen. In Seiner Absicht ist es nicht gelegen, daß ein Teil der Menschen auf den Höhen in der Sonne wandern solle und der andere im dunklen Tal. Nein, eine Zeit wird kommen, da die mächtige Gerechtigkeit auf Erden Einzug halten wird. Zum Zeichen dafür sollst du sehen, wie ein starker Baum von unsichtbarer Hand entwurzelt wird.» So sprach das kleine Bettelweib vom Lande, bevor es seines Weges zog.

Gewiß, die Königin sann manches Mal den wunderlichen Worten dieses Weibes nach, doch dann verdrängte sie derartige Gedanken wieder. Schließlich brauchte sie, die große Königin, sich doch nicht darum zu kümmern, was die kleine graue Erdenmaus gesprochen hatte!

Doch heute abend, da der Sturm an allem rüttelte – draußen, aber auch in ihrem Innern –, konnte sie die Worte jener Bettelfrau gleichsam in Feuerlettern vor sich sehen.

Dauernd kamen neue Schreckensnachrichten. Schon waren ein paar kleinere Diensthäuser eingestürzt. Voll Entsetzen kamen die Bewohner in das Schloß gerannt. Das Schloß! Als letzte Zuflucht vor den Schrecken dieser Sturmnacht kam es ihnen vor. Der König nahm sie freundlich in Empfang und bat sie in den großen Saal, der vom großen Sturmeswüten am meisten abseits lag.

Die Königin stand starr vor Schreck, ihr Antlitz war verzerrt, doch gleichzeitig auch glühend rot, nämlich vor Zorn über die «Feigheit» ihrer Diener, wie sie es nannte.

«Geht hinaus und hütet unser Eigentum!» rief sie. «Denn dazu seid ihr da! Wozu haben wir denn Diener!»

Die Diener schauten wie verwundete kleine Tiere mit bittenden Blicken zu ihrem König hin.

Der König, der in seiner Wesensgüte nie jemanden freiwillig verletzte, schaute in die Runde. Er betrachtete die Königin, die nun so manches Jahr schon seine Frau gewesen war, er betrachtete die Männer und die Frauen, die seine Diener waren, und ihre Kinder, die er von Geburt an kannte. Er hatte sie im Park beim Spiel gesehen, hatte manchmal mitgespielt, als wären es die eignen Kinder. Er konnte diese Menschen doch nicht einfach in diese fürchterliche Nacht fortjagen, nur um zu tun, wie es die machtbegierige Königin verlangte. Nein! Niemals! Wie in einem hellen Licht sah er an Sturm und Schloß vorbei, vorbei an Dienern, an der Königin, vorbei auch an sich selbst. Etwas völlig anderes trat in sein Bewußtsein, als es durch gewöhnliche Erdenmittel zu erlangen ist.

«Bleibt ruhig hier drinnen, im Schutz vor den Naturgewalten», sprach der König. «Niemand kann euch zwingen, in diese Schreckensnacht hinauszugehen. Laßt uns ein kleines Mahl bereiten und es gemeinsam zu uns nehmen. Dann wollen wir für alle Schlafplätze errichten, doch für die Kinder sorgen wir zuerst.»

Ein frohes Leuchten ging nun über die Gesichter. Der gute König hatte es verstanden, seinen Mitmenschen ganz neue Hoffnungsfreude zu verleihen. Doch die Königin – empfand auch sie im Innern Freude?

Nein! Ihr ganzes Wesen war in Aufruhr. Sie wollte eben ihren Mann zum Schweigen bringen, als man ein fürchterliches Krachen hörte.

Die Eiche, *ihr eigener Baum*, war mitsamt der viele hundert Jahre alten Wurzel ausgerissen und zur Schloßwand hingeschleudert worden.

Nach dem Fall der Eiche verharrten alle eine lange Weile totenstill. Man hörte nur das Ticken der großen goldenen Uhr.

Als tickte es aus einer anderen Welt herüber.

Der Sturm wurde immer ärger. Der Schloßpark war bereits fast ganz bedeckt mit umgestürzten Bäumen, herabgefegten Dächern, Zäunen und vielen anderen Dingen, die abgerissen worden waren.

Da brach die Königin das Schweigen:

«Ich verlange, daß ihr Diener jetzt hinausgeht und alles unternehmt, um noch mehr Zerstörung zu verhindern!»

«Aber willst du denn nicht sehen, Königin, daß wir

gegen die Naturgewalten alle machtlos sind?» entgegnete der König ganz verzweifelt.

Im Innern spürte er, daß Furchtbares im Anzug war. Was er mit seiner Königin durchleben mußte, seit sie zusammen waren, stürzte gleichsam auf ihn zu. Ihre ganze Bosheit gegen ihn und ihre Diener. Doch zuinnerst hegte er den Wunsch, an ihr etwas von einem Untertanen zu entdecken, auch nur die geringste Spur von Menschlichkeit, von Demut oder Dankbarkeit bei ihr zu finden.

In seiner unerträglichen Seelennot flehte er um Hilfe. Die Umstehenden wie vergessend, wandte er sich bittend an den Höchsten König aller Welten. «Befreie mich», so rief er laut, «von dieser Frau, bring mich fort an einen Ort, wo mich der Haß, die List und auch die Worte dieses Wesens nicht erreichen können. Mache mit mir, was du willst, doch lasse diesen Abend meinen letzten mit ihr sein!»

Still und aufrecht stand der König mitten unter seinen lieben Dienern und ihren Kindern. Seine Worte hallten in den Saal hinaus, sie wanderten von Diener zu Diener, von Kind zu Kind, hinaus in die weite Welt, am grauen Horizont vorbei und stiegen dann zum Himmel auf. Dem Licht entgegen, zu dem hinauf er seine Not gerufen hatte.

Die Königin stand starr wie eine tote Statue da. Nur ihre Augen lebten. Vor Haß und Kränkung glühten sie. Da streckte sie auf einmal ihre Hand aus und griff zum Schwert, das ganz in ihrer Nähe an der Schloßwand hing.

Vor Schrecken wie gelähmt, starrten alle hin, außerstande, etwas zu begreifen. Da stieß die Königin das scharfe Schwert mit Riesenkraft dem König in die Brust. Draußen hörte man ein Sturmgeheul – wie als Ewigkeitsbegleitung zu diesem Erdendrama.

Doch nur der Leib des Königs, nur die Erdenwohnung, war getötet worden. Sein ewiges Ich, sein Selbst oder sein Ich-Selbst kehrte in die wahre Heimat ein. Eden hieß die Heimat, in der das Königs-Ich nun weilte.

Jetzt konnte er regelrecht hinunterschauen auf die Welten. Und erkennen, wie erbärmlich alles war. Er sah die Erde und das Schloß, die Königin, die Dienerschaft. Er sah die kleinen Kinder. Er sah das Schwert. Das Schwert, von dessen Klinge es noch tropfte, das warme rote Blut ... Er sah den ganz zerstörten Schloßpark, sah, wie alle Mächte der Natur in Aufruhr waren. – «Doch wo sind denn alle andern Wesen?» fragte sich der König da. «Und wo ist *Er*, der Höchste?»

Er konnte nämlich noch nicht klar erkennen; er war ja erst vor kurzem von der bösen Erde hergekommen.

Das Unwetter verschlimmerte sich immer mehr. Ein paar Diener trugen den toten Leib des Königs fort und richteten ihm in der Königskammer eine würdevolle Ruhestätte ein.

Gerade als sie damit fertig waren und so dem König ihre Dankbarkeit erwiesen hatten, kam die Königin und sprach sehr böse Worte. Sie klagte alle Diener des Ungehorsams an und teilte ihnen mit, daß *sie* nun die alleinige Regentin sei, nachdem der König mit dem Leben hatte zahlen müssen.

Voller Abscheu und Empörung auf dem Antlitz wandten sich die Diener gegen ihre Herrscherin. Und einer aus der Dienerschar trat vor und sprach – so hört denn seine Rede:

«Königin, wir wollen deinen Namen mit dem Namen ‹Schlange› tauschen. Eine Giftschlange bist du, die das ganze Leben unseres geliebten Königs durch und durch vergiftet hat! Du bist unwahrhaftig, falsch und machtbesessen und unser großer, lebender Beweis für die Mächtigkeit des Bösen. Auch unser Leben machtest du schier unerträglich. Ohne unseren geliebten König, der die Wahrheit und die Güte selbst war, hätten wir es niemals ausgehalten. Jetzt bist du allein! Den einzigen Menschen, der restlos gut zu dir gewesen war, hast du eigenhändig umgebracht. Vor uns, den Dienern, hat er dich tagaus, tagein in Schutz genommen!

Wir werden deinen Erdenleib nicht töten, dein König hat Mord niemals gebilligt. Um seinetwillen werden wir dich schonen, unwürdiger Maskenmensch, der du keine menschlichen Gefühle kennst. Doch wir werden dich gefangennehmen, da wir unseres Lebens nicht mehr sicher sind. Hier im Schloß setzen wir dich in Gefangenschaft, bis wir wissen, wie es ausgeht mit dem Sturm.»

Der Sturm fegte um die ganze Welt.

Nur um das Schloß herum hielt die Natur ein paar kurze Erdminuten gleichsam ihren Atem an.

Schrecken herrschte jetzt auf dem Planeten, den man die Erde nennt. Länder sanken in das Meer, neue Länder tauchten auf. Unter Erdenmenschen öffneten sich Abgrundtiefen. Voller Panik suchte jedes Lebewesen einen Ort der Zuflucht. «Was ist geschehen?» fragten sich die Erdbewohner. «Ist das der Jüngste Tag, von dem die Bibel spricht?»

«Soll das das Ende von uns Erdenwesen sein?» so flüsterten und riefen sie einander zu.

Rings um das irdische Königsschloß toste es mit neuer Kraft. Ein großer Seitenflügel war vom Sturmwind losgerissen worden und zertrümmerte die schöne Statue, die vor dem Schloß stand. Sie hieß «Der Mensch» und war das Schönste, das von Menschenaugen je gesehen wurde.

Die Statue stellte einen jungen schönen Menschen dar, der vor Schönheit und vor Güte strahlte. Der gute König hatte sie vom größten Künstler aller Länder machen lassen. Von einem Künstler, dessen Hände alles formen und gestalten konnten. Dieser Künstler war der beste Freund des Königs. Schon im rauhkantigen Marmorblock sah der Künstler die lebendige Gestalt von Engeln.

Während der Sturm wütet und sein Werk vollbringt, wird Euch das Buch von diesem Künstler sprechen. Vom Künstler, der das ganze Königsschloß mit unsterblicher Schönheit zu umgeben wußte. Vom Künstler, der durch seine Kraft und seine Weisheit die *ewige* Schönheit und Gerechtigkeit des Höchsten auf die niedrigeren Welten übertragen konnte. Vom Künstler, der im regelmäßigen Rhythmus mit der ewigen Wahrheit zu den Menschen kam.

Ich werde nun aufschreiben, was der gute König schrieb, als er noch auf Erden lebte. Ein Gedicht ist es, das von ebendiesem Künstler handelt, der die Statue einst geschaffen hatte. Die Statue, die von Menschengröße und auch Menschengüte zeugt. Die Statue, die nun da liegt, von den Dämonen der Natur zerschlagen.

DAS GEDICHT DES KÖNIGS

*Dem guten Freund Carl Oskar zugeeignet,
der die Statue «Der Mensch» im Schloßpark
aufstellte.*

Meinem Freund und Bruder Carl Oskar

Von deinen andren Leben
geb' ich nun hier Bericht.
Es raunt mir zu von oben:
«So schreibe ein Gedicht.
Beschreib den großen Künstler,
den Mutter Erde schuf,
schreib auch, daß großen Werken
unsterblich ist der Ruf.»

Sie soll den Schloßpark schmücken,
die Statue, «Mensch» genannt.
Sie stammt aus Himmelshöhen
und zeigt uns Wahrheitsglanz.
Sie soll uns stets erinnern
an Wahrheit, Reinheit, Treu'.
Doch wenn das Böse zunimmt,
dann bleibt «der Mensch» nicht mehr –

nicht mehr bleibt er auf Erden,
die wird zum bösen Stern.

Er kehrt alsbald dann wieder
zum Himmelsursprung fern.
Die Statue will uns lehren,
auf Erden eins zu werden.
Sie zeigt es uns im Schweigen.
Doch Mord ist ihr Verderben.

Wenn Mord verübt wird hier,
auf diesem Grund und Boden,
dann werden uns bedrohen
Gesetze der Natur.
Ein Sturmwind stürzt dann um
das große «Mensch»-Kunstwerk,
zum Zeichen aus der Höhe,
daß nun das Böse herrscht.

Ich will nun auch berichten
von einem andern Werk,
das es noch gibt auf Erden,
von vielen schon bemerkt:
Die Statue, sie heißt «David».
Ein Bruder schuf sie einst
für einen schönen Stadtplatz,
in einem fernen Land.

's ist Goliath und David,
die wir im Steine seh'n.
Die feinste Sehne sichtbar,

das kleinste Mienenspiel.
Denn Goliath und David
sind keineswegs nur Stein.
Sie sind beschenkt vom Himmel:
mit lebender Gestalt!

Da kamest du, Carl Oskar,
in einem Haus zur Welt,
das war im Ort Caprese
um vierzehnhundertsiebzig*.
Nicht ahnte deine Mutter,
daß du ein Künstler warst:
Sechs Jahre hattest du,
als sie so schnell verstarb.

Nach ihrem Erdenabschied
zog dich der Vater auf,
zusammen mit den Brüdern,
die kaum verstanden dich
und auch nicht fühlen konnten
das schöne Künstlerherz.
So warst Du für die Deinen
nur eine Arbeitskraft.

Du spürtest in den Adern,
wie Künstlerblut dir floß,

---

* Im Original steht 1475; Änderung im Vers aus Rücksicht auf den Rhythmus

und sannest immer wieder:
«Wohin führt mich mein Weg?
Wenn ich bloß mal' und zeichne,
so schlägt und schilt man mich.
Was sind das bloß für Menschen,
die doch mit mir verwandt!»

So füllten Schlag und Schelte
des armen Knaben Tag.
Nichts stellte sie zufrieden,
was er auch immer tat.
Was er auch immer sagte,
man gab ihm einen Schlag.
Doch nichts von alldem konnte
sein Hoffen trüben ihm.

Der Vater war sehr streng,
den Sohn er kaum verstand,
und keiner von den Seinen
war leider wirklich «gut».
Von Schwäche zeugt es ferner,
was nun der Vater hofft':
«Ich schicke ihn zur Schule,
Gehorsam lehrt sie oft.»

Und so kam dann der Junge
mit seinen dreizehn Jahren
zur Werkstatt Ghirlandajos:

Der nahm ihn sich zum Lehrling.
Im Grunde war's zum Lachen,
denn schon der Junge wußte,
daß er im Reich der Kunst
als Größter gelten mußte.

Als ihm der Meister zeigte
die Zeichnung einer Frau,
da nahm er selbst den Bleistift,
erklärte ganz genau,
wie er es ändern wollte.
Nun hört, was dann geschah:
Man ließ ihn aus der Schule
mit gutem Zeugnis geh'n.

So trugen ihn die Füße
zu Meister Bertoldo.
Was nun geschah noch weiter,
hier folgt es gleich im Text:
er fing nun an zu schlagen
aus kaltem, hartem Stein.
Da traf er seinen Medici,
den er sogleich gewann.

Der prächtige Lorenzo,
der erste Florentiner,
der in dem kleinen Jungen
den besten Freund bald fand –

er nahm ihn an den Hof.
Und hier gab nun Lorenzo
dem jungen Mann mit Ruf
ein glückliches Zuhause.

Doch alle sollen wissen,
sein Leben wurde schwer.
Viel Weisheit barg sein Wesen:
Die Menge mag's nicht sehr.
Doch er schuf nicht nur Werke
in Kirchen und aus Stein,
auch vielerlei Sonette
schrieb er in Herzen ein.

So kam es eines Tages,
daß «Julius», der Papst,
ein würdiges Haus Gottes
in Rom erbauen ließ.
Doch Stolz und Hochmut wohnten
in jenes Papstes Brust,
so ging es nicht sehr lange,
bis Julius rief mit Lust:

«Geht hin zu Michelangelo
und bittet ihn hierher.
Daß er ein Fresko male
zu meiner hohen Ehr'.
Die Welt soll es noch sehen,

wenn ich schon längst im Grab.»
So sprach der hohe Vater,
wie ihm die Lust eingab.

Doch Künstler als auch Papst,
sie hatten sehr viel Feuer:
so daß der Preis der Freundschaft
nicht selten war gar teuer.
Michelangelo, so wißt,
war selbst so eigenwillig,
daß *er* den Plan umriß,
ganz ohne Wort des Papstes.

Die Decke der Sixtina
nun Fresken zieren sollten.
Doch war der Raum so dunkel,
als wäre es stets Nacht.
Nur kleine Luken gab es,
die etwas Licht durchließen.
Doch hört nun nichts als Wahres
von diesem Kirchenbau.

Man richtete mit Brettern
ein Hochgerüst beim Dach.
Bemalend dann die Decke,
lag dort der Meister flach.
Der große, weise Künstler!
So hört nur, was er schuf:

die Flut und auch die Schöpfung
aus Moses' erstem Buch.

Erst sehen wir Gottvater,
wie er den Finger streckt,
zum Haupt des Mannes hin –
und *Adam* wird berührt.
Zum Bild schuf ihn der Vater;
ein Mensch ist er, und doch
scheint er in Ewigkeiten
im Weltenall zu lehr'n.

Man sieht daneben Eva,
in Gottes Arm geschützt,
gar lieblich schaut sie aus,
mit menschlich-warmem Blick.
Die Bilder sind voll Leben,
vom Künstler eingehaucht,
denn alles, was er malte,
war eine Himmelsschau.

So schuf er seine Statuen,
das Monument des Moses!
Auch dieses Werk stammt sicher
aus hehrer Güte Gottes.
Wie lebensvoll er dasitzt,
mit Zorn in seinem Blick.
Man hört ihn manchmal stöhnen,

so heißt's von diesem Werk.

Man könnte Bände füllen
von Michelangelo,
von seiner hohen Sendung
und seinem Wahrheitslos.
Die Werke, die er machte,
sind einzig in der Welt,
es sind Geschenke Gottes,
den Menschen dargebracht.

Wir wandern nun noch weiter
um ein paar Erdenjahre
und kommen zu den Gräbern
der Medici-Kapelle.
Da sehen wir die Statuen
der beiden stolzen Fürsten.
Den größten Freund sie hatten –
in Michelangelo.

Der eine, Giuliano,
der andere, Lorenzo:
Aus ihrem Blick spricht Leben,
das fern der Kirche wohnt.
Doch just in diesem Raume,
vom Künstler selbst bestimmt,
steht es im Kirchgewölbe,
das stolze Monument.

Noch immer war die Bürde
zu leicht der Meisterhand:
In der Sixtina gab es
noch eine leere Wand.
Er malte sieben Jahre
am großen Weltgericht
in der Sixtina drinnen –
und schuf ein Weltgedicht.

Man sieht auf diesem Bilde,
wie Gräber sich auftun.
Da stehen arme Tote
und fragen sich: «Was nun?»
Jedoch im Herzensinnern
verbarg er sein Geheimnis.
Die Antwort er schon hatte,
daß Leben ewig währt.

So manche Auftragswerke
gab es noch zu vollenden.
Den Petersdom zum Beispiel.
Wie steht er noch so schön!
«Nun bin ich alt geworden,
bald holt mich wohl der Tod.»
Es war im Februar,
als er den Weg beschloß.

Aus drei bestimmten Gründen

schrieb er ein Testament.
Zuoberst auf dem Blatte
hieß es: « O Großer Herr,
bewahre meine Seele
vor falschem, bösem Mord.»
Und in der zweiten Zeile,
da folgt dann dieses Wort:

«Nimm meinen Leib, o Erde,
nimm ihn in deinen Arm.
Den Vater oben bat ich
um Seelenhimmelfahrt.
Mein Hab und Gut sich sollen
Familie, Freunde teilen.
Mitnehmen kann ja doch nichts,
wer will im Himmel weilen.»

Das Leben war vorüber
für den von Gott Gesandten.
Um fünfzehnhundertsechzig*
vernahm er Engelsklang:
«Nun hast du recht vollendet,
was Gott von dir verlangt.»
So flüsterte ein Engel
aus höchster Himmelsspär'.

---

* Im Original steht 1564; Änderung im Vers aus Rücksicht auf den Rhythmus

Doch alle kehren wieder,
so hat es Gott bestimmt.
Schon dreizehn Jahre später
kam er erneut als Kind.
Die Zeit war schon gekommen
fürs nächste Erdenleben.
Zur Kunst war er auch diesmal
vom Schöpfer ausersehʼn.

Als *Rubens* sah er wieder
das Licht der Erdenwelt,
diesmal in deutschen Landen:
in Siegen stand sein «Zelt».
Der Vater brach das Recht,
man lebte wie verbannt.
Sie flohen nach Antwerpen,
wo sie vorher gewohnt.

Und auch in diesem Leben
schuf er viel große Kunst,
mit seinen schönen Bildern
die Welt er Schönheit lehrt.
Er blieb im Geisterlande
nur dreizehn Jahre kurz.
Er fand, er sei nicht fertig,
drum kam er rasch zurück.

Er malte wie schon früher

Gemälde an die Wand,
so malte er im Rathaus
mit sich'rer Künstlerhand.
Er malte all die Schönheit
von Blume, Tier und Mensch.
Voll Leben sind die Bilder –
die ganze Welt staunt, wie.

Doch niemand auf der Erde
war sich jemals bewußt,
daß Michelangelo und Rubens
ein und derselbe war.
Zwar jeder sah, wie ähnlich
sich ihre Werke waren.
Doch dieses tiefe Rätsel,
es harrte ohne Lösung.

Es ist die Gnade Gottes,
zu schauen früh'res Sein.
Gar selten nur geschieht es,
wenn Gott sein «Werde!» spricht,
daß einer wird geboren,
der alles sieht ganz klar,
ein Mensch, der dann berichtet,
was er gesehen hat.

Doch solche Botschaft kommt erst,
wenn unser Sinn erwacht.

Nicht manchen gibt's auf Erden,
der diese Wahrheit lehrt,
daß Menschen wiederkehren.
Nicht viele fassen es,
doch es ist ein Gesetz:
daß alles wiederkehrt.

Die allerkleinste Blume
kommt stets von neuem her.
Daß Menschen wiederkehren:
zu fassen scheint's so schwer.
Auch Christus kam, zu künden
von diesem Wahrheitswort.
Dafür kam er ans Kreuz.
Die Menschheit wollte Mord.

Mord am hohen Menschensohn,
der mit der Wahrheit kam.
Er wollte uns befreien
aus aller Lügenqual.
Die Menschen aber waren
im Herzen seicht und eng.
So konnten sie nicht hören,
die Wahrheit, die Er bringt.

Es sagte Christus damals:
«Ihr Lieben, sorgt euch nicht.
Ich komme, zu verkünden,

daß alles kehrt zurück!»
Ein Leben ist nur kurz
in aller Ewigkeit,
drum kommen wir von neuem,
sobald Sein «Werde!» tönt.

Nur wenige erkannten,
wie weise doch Sein Wort.
Doch alle andern sagten:
«Er kann nicht sein von Gott.
Es kann nicht sein das Wahre,
daß alles wiederkehrt.
Wir glauben, diese Worte
hat Er vom Teufel her!»

So sprachen viele Menschen
in Christi Erdenzeit.
Es zweifelten so viele
und stritten mit den Jüngern.
Doch jetzt soll Gottes Weisheit
erneut zu Herzen dringen.
Erreichen soll sie alle,
Gelehrte wie auch Kinder!

«Ich werde Bücher schreiben»,
so hat der Herr gesagt.
«Bis jede große Wahrheit
rings um die Welt gelangt.

Denn alle müssen wissen,
daß sie stets neu erstehen.
Ich schreibe Gottes Botschaft,
bis alle einst verstehen.

Versteh'n, daß sie schon lebten
und immer leben fort,
daß Leben teils der Erde,
teils Himmeln angehört.
Man trifft die alten Freunde,
Geschwister, Eltern, Sohn.
So reich ist Gottes Gnade,
so ewig Gottes Lohn!

Die Menschheit soll auch wissen,
daß alles wiederkehrt.
Doch nicht allein die Freunde,
die Feinde trifft man auch.
So sind des Alls Gesetze:
Man formt den Erdenweg,
wenn Gott in Himmelshöhen
sein ewig ‹Werde!› spricht.»

Hier endet das Gedicht des Königs für seinen guten Freund, der die Statue «Der Mensch» geschaffen hatte. «Der Mensch», der nun zersplittert im Schloßpark auf dem Boden lag.

So kehren wir nun aus der Dichtungs-Welt in die kalte Wirklichkeit zurück. In die Wirklichkeit des Erdplaneten. Was ist geschehen, seit wir dieses Schloß besuchten?

Das Buch darf es erzählen:

Eine große Stille hatte sich inzwischen über die gesamte Menschenerde ausgebreitet. So schrecklich war die Stille, so groß und unheimlich, daß sie fast unerträglich wurde.

Wir lenken unsern Schritt zum Schloßpark hin: Was finden wir da vor? Tod und Kälte, Chaos, Leiden, Finsternis, eine Welt ganz ohne Leben. Der Park gleicht einem Schlachtfeld nach einem wüsten Krieg. Das ganze Schloß ist eingestürzt. Nichts als ein Riesenberg von Steinen ist geblieben, als wenn ein Riese zum Vergnügen Steinblöcke geworfen hätte. Ein paar verirrte Vogelschreie nur, die von Zeit zu Zeit das Schweigen brechen.

Die Natur selbst steht in stummer Andacht, und still betrachtet sie ihr Werk. «Jetzt, Erde, hab' ich meinen Teil getan», so war durch ihre ewige Stimme zu vernehmen. «Die Reihe ist an dir! Du, Erde, geh nun ohne Zögern an dein Werk, laß deinen Teil der Abmachung geschehen!»

Die Erde war noch ganz benommen und betrübt nach dem wilden Hexentanz, den die Natur geboten hatte. Sie fühlte sich ganz außerstande, den Totentanz noch fortzusetzen.

Doch abgemacht ist abgemacht!

«Doch wo soll ich nur beginnen?» überlegte sich die Erde.

Sogleich stand die Natur ihr bei und sprach:

«Im Schloßpark fange an! Unter den Ruinen liegt die Königin des guten Königs. Sie wurde von den Dienern in Gefangenschaft gesetzt, doch die Gefahr besteht, daß sie sich befreien kann. Als erstes öffne, Erde, deinen tiefsten Abgrund unter jenem Raum, in dem sie sich befindet. Verstecke sie und feßle sie für eine Zeit in deinem heißen Innern! Sie soll einmal erfahren, wie die ewigen Gesetze der Gerechtigkeit unbeirrbar wirken. Hätte diese böse Königin dem guten König nicht das Schwert in seinen Leib gestoßen, so hätte man sie nicht gefangen, doch dadurch hat sie sich die Strafe selbst gesetzt.

Öffne dich dann unter den ihr Gleichgesinnten, und schließe dich dann wieder über ihnen, damit sie künftig nicht noch mehr vergiften können.

Dann wird es an der Zeit sein, den armen, totgequälten Wesen aus ihrer Not zu helfen. Denen, die in großen Lagern und in Folterkammern leben, denen, die allüberall in Krankenhäusern leiden. Doch vergiß nicht, Erde, schnell zu handeln, damit die schon Gepeinigten nicht noch länger leiden müssen.

Und denke auch daran, aus den Höhen Engelshilfe zu erbitten: Engel mögen die geplagten Seelen aller Unterdrückten holen. Mit den Körpern kannst du machen, was du für richtig hältst. Wen du in deinem Inneren fängst, der soll darauf zur rechten Zeit einen neuen Leib bekommen.

Doch hör, du Erde, *eine* Ausnahme gibt es! Die Königin! *Sie* sollst du eine Zeit bei dir behalten. Freilich soll auch ihre Kerkerhaft nicht ewig dauern, wenn es auch so aussieht, als wäre das nur ganz gerecht. Auch die, die ihresgleichen sind, sollst du eine Zeit behalten.»

Ihr König, der so gut war wie sie schlecht, nahm es sehr genau mit den Gesetzen seines Reiches. Niemals verurteilte er jemanden zu einer harten Strafe. In seinem Himmel war der König jetzt und konnte auf das Chaos dieser Welt hinunterschauen. Er sah auch seine eingekerkerte Gemahlin. Er sah, daß ihre Seele noch genauso maskenhaft und falsch war, wie sie es in seiner Erinnerung gewesen war. Kein einziger Gedanke an Reue und Vergebung ging von der gefesselten Gestalt aus.

Der König hatte ihr einmal gesagt: «Vergiß nie, Königin, was du auch sagst und tust, zur Versöhnung bin ich stets bereit, wenn du dich in deiner Not voll Demut an mich wendest.» Doch ihr Herz war hart und grausam. Bis zum Ende hatte sie sich auf den Beistand ihrer Dienerschaft verlassen. Einige von ihnen taten ja auch immer, was sie wollte. Doch wo waren sie denn jetzt? Sollte es sie nicht mehr rühren, wenn sie ihre diamantgeschmückte Königin unter Schmutz und Erdmassen gefangen liegen sähen?

Doch auch die Diener, die einst dem Willen ihrer Königin blindlings folgten, waren von dem Todesgriff der Erde längst begraben worden.

Da begann die Erde – die so sanft und gut ist, wenn sie niemand reizt, fest entschlossen und gerecht in dem naturverliehenen Verstand –, das Gemeinschaftswerk der Vollendung zuzuführen.

«Verleih mir nur etwas von deiner Kraft, Natur!» sagt die Erde noch.

«Jag die Meere über meinen blutverschmierten Körper; laß das reine Wasser all das Gift und all die Fäulnis fortspülen, die mich befielen. So kannst du mir behilflich sein, die Tiefen aufzumachen. Natur, ich bin bereit!»

Und abermals ließ die Natur ihre Dämonen los. Der Sturm peitschte alle Wassermassen rund um die kranke, wunde Erde. Die Täler und die Klüfte füllten sich mit Wasser. Die Erde grollte und dröhnte ganz im Innern. In glühenden Kaskaden schleuderte sie ihre heißen Eingeweide in die Luft. Es öffneten sich Abgründe, und alles Lebende, was sich in ihrer Nähe fand, wurde schonungslos verschlungen.

Die großen, schönen Städte mit all den schönen Bauten, sie sanken in die Tiefen. Nur große, weite Löcher sah man an ihrer Stelle. Wälder, Berge, Ebenen, Paläste, Wohnhäuser und Parkanlagen, Straßen; sogar Menschen, Tiere und Gewächse – alles, was es auf der Erde gibt, versank in Abgrundtiefen.

Und doch gab es noch Land und Lebewesen.

Alle Einwohner des Himmels schauten diesem großen Erdendrama zu. Der gute König saß auf einem schönen Himmelsthron, tief bedrückt über all die Bosheit auf der Erde. Wohnstatt nur des Guten war die Erde doch im Anbeginn gewesen! Die Erde, die der König einst für sich und seine Königin als Reich erkoren hatte.

Vom Thron des Königs, wo auch seine Diener standen, erklangen nun Gesänge: «Lobsinget unserem König, all ihr Diener, groß und klein!»

Auch aus den Tiefen kamen Stimmen von treuen Dienern, die immer noch im Erdeninnern waren. Sie sangen:

«Laßt uns froh und fröhlich sein, denn unser König ist jetzt wieder hoch oben über unserer Erde, und alle Wesen unseres Weltalls sollen ihm gehorchen.»

Und siehe: Neben dem Thron erschien ein schönes hell leuchtendes Pferd, und auf dem Pferde saß «Der Mensch», die Statue aus dem Erdenpark des Königs. Auf seinem Haupte trug er eine Krone ganz aus Himmelssternen, und sein Blick war klar wie Wasser, das aus einer frischen Quelle strömt. Blutrot war der Mantel, der ihn kleidete.

Der schöne Reiter auf dem weißen Pferde sprach:

Ich ging zur Menschenerde,
doch nur als Bildgestalt,
zu wehren allem Morden
mit königlich' Gewalt.
Mich schufen Künstlerhände
von einem heil'gen Mann,
und, Teil von seinen Ländern,
bracht' ich den Menschen Rat.

Ich stand einst in dem Garten
beim hehren Königspaar.
Ich konnte stets betrachten
mit Liebe jung und alt.
Als Liebeszeugnis kam ich
zum Schloß des Paares her.
Natur-Gesetz dann traf mich:
Drum bin ich heimgekehrt.

Zu Boden warf der Sturm mich,
nach irdischem Gesetz,
als just im Park des Königs
gemordet ward «Der Mensch».
So wurde meine Kunde
nur bruchstückhaft gehört,
und nicht einmal die Priester
verwehrten weitern Mord.

Zum Vater kam ich wieder,
der mir die Krone schenkt'.
Und jetzt, ihr Diener, rat' ich:
Von jedem Gutes denkt!
Das bitt' ich euch in Demut:
Dem Sünder reicht die Hand.
Das Beste will ich geben,
ich gebe Königsland.

Ein Land, wo wir dann leben
in schöner Friedenszeit,
wo keiner mehr soll beben,
und niemand kennt den Streit.
Wo alle Macht des Bösen
im Abgrund ist verwahrt,
und keiner kann sie lösen:
So glaubt mir, es ist wahr!

So wisset denn, o Freunde:
Es ist jetzt Prüfungszeit.
Wir kennen nicht das Ende,
denn noch herrscht Krieg und Streit.
Die böse Macht kämpft weiter,
obwohl die Fessel hemmt;
doch hat die Zeit des Friedens
des Bösen Zorn gedämpft.

Wir schauen eine Welt,

wie klares Wasser rein –
vom Vater war's versprochen –
ganz einig wird sie sein.
Wie Freunde wohnen alle,
und alles Böse fehlt,
und alle können fühlen:
Hier sind die Sorgen weg.

Ich leb' an eurer Seite
den Königen als «Herr».
Nicht einer braucht zu leiden,
ob alt, ob jung ist er.
Da blühen alle Wiesen,
da leuchtet Himmelsblau,
doch gibt es da auch Regen,
ihr seht es gleich genau:

Denn immer Sonnenleuchten
macht selbst den König matt.
Nicht alle schon erkennen:
auch Freude wird zur Last.
Darum, o meine Lieben,
muß ständig Wechsel sein.
So können wir uns fügen
der Sonne wie dem Regen.

Die «Alten» schrieben Schriften,
vom ew'gen Paradies.

Sie schrieben auch von Grüften,
der Bösen Erdverlies.
Und alle Bösen kommen
zu Satans rotem Meer,
wo selbst die kleinsten Blumen
ins Todesgrab gezerrt.

Die «Alten» schrieben ferner,
daß einst der Satan frei,
wenn eine Zeit vorüber,
die Gnadenfrist vorbei.
Denn so steht's nicht geschrieben,
gesetzt von Ewigkeit,
daß jemand rein gewaschen
zu ew'ger Seligkeit.

Nicht einmal in Gehenna
soll einer ewig sein.
Das sind nicht Gotteskenner,
die so etwas gemeint.
Was sollte wohl mein Vater
für eine Seele sein,
wenn Er die Sünder alle
für ewig wirft hinein?

Selbst bauten sie die Wohnung
aus Bösem wie aus Gutem.
Stets harrt dennoch Versöhnung.

Sagt, hört ihr mich auch gut?
Ihr selber schreibt die Worte
ins große Buch des Lebens –
so laßt den Lebenswandel
euch weise Wege wählen.

Tu Gutes deinem Nächsten,
leb aufrichtig und schön.
Gib selbst das Allerbeste,
das ist mein guter Rat.
Wir sind vereint in Freude,
in unserm neuen Reich.
Ich kenne meine Freunde,
und ihr versteht mich gleich.

Das All-Gesetz des Vaters –
es wirkt in Ewigkeit,
und wer ihn hat zum Rater,
der fällt nie tief und weit.
Die Blume auf der Wiese
gehorcht dem All-Gesetz,
und ebenso die Tiere
sind voller Gotteslob.

Du, Mensch, du bist das Größte
im weiten Weltenall,
du sollst auch sein der erste,
der meine Lehre hat.

Ihr werdet jetzt «regieren»
mit mir für tausend Jahr'.
Ob es darf länger währen,
bestimmt ihr selbst, fürwahr!

Denn niemand wird bestimmen
das Geistes-Ich in euch.
Das würde sogleich hemmen
des Vaters Freiheits-Recht.
Denn nicht einmal den Sünder
zu quälen ist Sein Wunsch.
So niedrig denkt Er nimmer,
so glaubt allein der Mensch.

Nach dem Reiter in dem roten Mantel auf dem weißen Pferd folgten große Scharen anderer Reiter. Auch sie auf weißen Pferden. Doch diese waren alle in weiße Mäntel eingehüllt; nur ihr Heeresführer hatte einen roten Mantel.

Nun trat der König vor und sagte:

«Seht, dieser herrliche Mann ist mein Sohn. Keiner hat auf seine Größe achtgegeben, solange er auf Erden lebte. Huldigt meinem Sohn, er soll die Königskrone und mein Reich einst erben.

Es wird ein neues Reich entstehen. Zu einer ganz bestimmten Zeit wird nur die Güte herrschen, alles Böse dieser Welt wird dann gefesselt sein. Alle, die nichts Böses taten, werden mit ihm herrschen. Er trägt nicht gleiche Kleidung wie die andern Reiter. Nein, zum Zeichen für das Blut, das ihm auf der Erde aus dem Körper floß, trägt er einen roten Mantel. Sein Blut verfloß bis auf den letzten Tropfen, so daß nur eine tote Statue übrig blieb.

Jetzt soll *er*, mein Sohn, der König sein. Ewigkeit um Ewigkeit wird er über dieses Weltall herrschen, das der Versammlung hier vertraut ist.

Ich, der König, will versuchen, die gefallene Gemahlin zu erreichen, wenn sie aus ihrer Kerkerhaft befreit ist. Doch alle haben ihren freien Willen, so auch die Königin. Deshalb ist jetzt noch nichts entschieden. Auch ich als König folge den Naturgesetzen; sie gelten auch für meinen Sohn und also auch für unsere Königin.

Ich schreite fort zu Welten über diesem Reiche; ich habe meine Königskrone abgegeben, wie auch die Könige der Erde sie an ihre Söhne weitergeben. Welche Aufgabe ich dort bekommen werde, ist nicht für eure Ohren oder eueren Verstand gedacht. Doch wird der Tag erscheinen, da alle an der Wahrheit Anteil haben werden.

Mein Sohn, welcher von heute an der König ist, wird euch alles weisen. Er hat die Freiheit, sein Reich nach seinem Sinn und seiner Einsicht zu regieren. Er hat Vollkommenheit erlangt. Er ist der Herr. Doch ist er kein gewaltsamer und furchteinflößender Herrscher; er ist der Gott, der wahrhaft auf die Liebe sinnt. Er ist der Gott der Götter und der Herr der Herren.

Das Böse ist noch nicht vernichtet im weiten Weltenall. Kampf wird es immer geben. Mehr oder weniger. Doch immer wieder werden ruhigere Zeiten kommen. Unter allen Mächten, die im Universum alles Leben regeln, wird es einen Ausgleich geben. Es war nie meine Absicht, daß eine Macht die andere verdrängen sollte. Ich, der König, sage dies, indem ich nun zu höheren Regionen schreite. Zu Regionen oberhalb des Reiches dieser Welt. Zu Regionen, die kein Menschenwesen kennt. Keine Grenze gibt es dort, kein oben und kein unten für Ihn, den Höchsten Herrn.

Ewige Gerechtigkeit ist Er, der Herr. Alle, die dagegen etwas schreiben oder sagen, sind Lügner, ausnahmslos. Ich, als Menschensohn im Menschenreich geboren, doch schon im Reiche meines Vaters existierend, bevor die Welt geschaffen wurde – ich habe jetzt zu euch gesprochen, die ihr noch Menschen seid. Doch ich sage euch, dabei soll es nicht bleiben, da alles stets in ewigen Bahnen weiterläuft. Ich stand da, wo Menschen stehen. Ich habe euch bereits gesagt, daß ich wie ein gewöhnlicher Mensch zur Erde kam. Alle werden stehen, wo ich stehe. Ich bin der Sproß von Davids Haus, und das ist wahr und richtig.

Ihr werdet wieder einen Erdenleib bekommen, einen Leib aus Fleisch, Blut, Knochen, Sehnen und allem, was es braucht, damit die Seele auch ein Erdenleben führen kann.

Doch dieser Leib wird nicht von Krankheit angegriffen werden können oder auch von anderen Übeln; auch wird die Seele diesen Körper nicht dazu verleiten können, Böses zu verrichten.»

Alle hatten stumm im Kreis gestanden und ihrem König zugehört.

Der neuerkorene König sah mit grenzenloser Liebe über seine Schar hinweg.

«Redet, meine Freunde, redet», sagte Er und streckte Seine Arme aus, als wolle Er sie allesamt umarmen.

Die schöne Schar der Weißgewandeten schaute nun mit überirdischer Freude in den Blicken auf ihren Herrn und Meister.

Aus der ersten Reihe trat ein Mann hervor und sagte:

«Meister, unsere Freude ist mit Worten nicht zu fassen, und doch muß ich ja in Worten reden, denn auch die Natur, die alles einzelne in ihrem ewigen Gesetz aufschreibt, bedarf der kleinen Worte, damit sie einmal zu den Erdenwesen sprechen kann.

Meister, die allergrößte Freude, die Du dieser Schar gebracht, ist Deine frohe Botschaft, daß kein einziges Wesen auf Ewigkeit verlorengehen kann. Ach, großer Meister, wie hat man nicht im Lauf der Zeiten ungezählten Wesen bis zum Wahnsinn mit einer ‹ewigen› Hölle fortwährend gedroht und Angst gemacht! Auch wir aus Deiner Schar bekamen eine falsche Auffassung vom Leben auf der hiesigen Seite dieser Welt. Wie oft,

Herr, habe ich nicht selbst so denken müssen, als man in den Erdenkirchen das Wort der Bibel las! Wie kann auch nur ein einziges Wesen in die ewige Seligkeit eingehen, wenn es weiß, daß große Scharen auf Ewigkeit zur Hölle wandern müssen? Nie, Herr, fand ich Antwort auf die Fragen, die mich oft bedrängten. Die Bibel blieb zum großen Teil ein Rätsel-Buch für mich.

Jetzt, wo alles offen vor uns liegt, o Herr, will ich Dir, zusammen mit der großen weißen Schar, behilflich sein, die schlichte, rechte Wahrheit zu verkünden.

Die Wahrheit, daß alle Menschen ohne Ausnahme das Licht und auch das Gute tatsächlich erreichen können. Und da sind es wir, Herr, die wir auf dem Wege ein Stück weiter sind, die unseren Wanderbrüdern dabei helfen sollen.»

Einer nach dem andern trat aus der weißen Schar hervor und sagte: «Herr, wo ist Dein Reich, in dem wir mit Dir herrschen werden? Wir sahen unsere Menschenerde. Nackt, verwundet, blutig, kahl. Böse, kranke Dämpfe steigen aus den Tiefen. Dort können wir gewiß kein Reich des Guten bauen. Die das Böse wollten, haben ihre toten Erdenleiber noch immer nicht verlassen. Die grimmige Königin liegt noch immer unter jenen Schloßruinen. Wo ist denn *unser* Reich zu finden?»

Einer nach dem andern aus der Himmelsschar ergriff das Wort. Der König über Himmel und die Erde hörte still und ganz bescheiden in großer Liebe allen Fragen zu.

Dann begann Er selbst zu reden und lächelte beim Sprechen.

«Meine Lieben», sprach der König, der den «Lebensmantel» trug, «obwohl ihr alle schon die Wahrheit in den Herzen tragt, haben euch die Erdenlehren doch verwirrt. Nicht selbstverständlich war es euch, daß mein Vater nie bestraft, doch jetzt wißt ihr es genau, daß Er und ich vollkommen frei sind vom Gedanken an Vergeltung. Wie die ewigen Gesetze wirken, hängt davon ab, wie einer lebt. Wie ich auch schon früher oftmals sagte: Was einer sät, das wird er ernten. Wer Weizen sät, wird Weizen ernten; wer Unkraut sät, wird Unkraut ernten. Und so wird Liebe ernten, wer sie sät, und Kummer, wer den Kummer sät.

Doch vergeßt nie, daß der freie Wille niemals aufhört.

Ihr fragt euch nun, ihr Lieben, wo sich unser Reich befindet.

Kommt, ihr Freunde, ich will euch noch ein Schauspiel zeigen auf der Erde. Kein Schauspiel ist's, bei dem wir in die Hände klatschen und uns erfreuen können. Kein einstudiertes Drama wird uns vorgeführt. Nein, die fürchterliche Wirklichkeit. Die Wirklichkeit, die sich die Menschen selbst geschaffen haben. Nach ihrem freien Willen.

Noch ist das Böse nicht ganz ausgerottet auf eurem Erdplaneten, noch immer gibt es einige, die mit bösen Seelen die Macht ergreifen wollen im großen Weltreich meines Vaters. Manche Menschen sind in ihrer Erdentwicklung so weit vorangekommen, daß sie im Weltenraum zu andern Himmelskörpern kommen können.

Solange dies im Dienst des Friedens und der menschlichen Erkenntnislust geschah, ist nichts Gefährliches passiert. Nur wenige Menschen mußten ihre Abenteuerlust damit bezahlen, daß sie den Erdenleib verloren. Doch das war keine Sünde. Und die Abenteuerlust gereichte weiterhin zur Ehre ihres Landes. Das Land war groß und lag auf einem Teil der Erde.

Es gab jedoch noch viele andere Länder auf dem Erdplaneten.

Doch jetzt, o Freunde, sollt ihr ein Stück Drama sehen, das euch für immer unauslöschliche Spuren in die Herzen graben wird.

Ich lese eure Gedanken. Ihr denkt: ‹Unser König und Meister, wie kannst Du uns das sehen lassen wollen? Es war doch schon weit mehr als ausreichend für uns, mitanzusehen, wie sich große Teile der Erde öffneten und alles in sich schlangen, was sich in der Umgebung fand.›

Doch ich sage euch: Es ist notwendig für die Zukunft. Das Böse und das Gute werden immer miteinander streiten, bald ist das Gute überlegen, bald auch das Böse. Das ist ein *Urgesetz*, das nie beseitigt werden kann.

Mißversteht mich aber nicht, indem ihr denkt: ‹Wofür sollen wir denn kämpfen, wenn doch das Böse niemals ganz vertrieben werden kann?› Ich will das ‹Böse› übersetzen und es als negative Kraft bezeichnen, das Gute aber nenne ich die positive Kraft. Diese beiden Kräfte sollen dauernd wirken. Doch es liegt im Sinn der *Urgesetze,* daß sie in normaler Weise wirken. Und normal will heißen, daß immer ein gewisser Widerstand am Werk sein muß. Der negative Widerstand. Nur darf er nie so groß sein, daß auch nur ein einziges Wesen leiden muß. So groß nur soll er sein, daß alles in der Welt den ihm zugeteilten Platz behält. Recht ist es und wahr, daß die gegenwärtig böse Königin zu ihrem positiven Teil zurückstrebt, zu ihrem guten König.

Alles ist in ständigem Pulsieren. Da, wo es im Weltall zugeht, wie es der Herr berechnet hat, da pulsieren diese unermeßlich großen Kräfte in regelmäßiger Weise. Wenn sie in vereinte Kraft und Harmonie verschmolzen sind, dann herrschen im unendlich weiten Weltall Freude und Gesundheit und Gesang, Lachen, Vogelzwitschern, wolkenfreier Himmel, gutes Essen, guter Trank; wohin die Erdenwesen blicken: nur liebe, freundliche Gesichter sind überall zu sehen, nur zahme Tiere, sanfte Winde, nirgends ein Geschrei. Alles atmet überirdischen Frieden.

Doch hört nur zu, ihr Menschenkinder: Kein einziges Wesen in dem ganzen All hält solchen ewigen Frieden aus! Keiner, sage ich, nicht einmal mein Vater, der der Allerhöchste ist, der mir bekannt ist. Denn was Er über oder unter sich noch hat, weiß niemand. Vielleicht hat Er unzählige Könige über sich, vielleicht ist Er alleiniger Gebieter. Das geht einfach keinen etwas an, der Ihm untersteht.

Ein Diener hat ja wohl kein Recht, den Herrn zur Rechenschaft zu ziehen. Und sowenig wie ich von meinem Vater Rechenschaft verlange, sowenig sollt ihr, o Freunde, Rechenschaft von mir verlangen.

Mein Vater, der jetzt zu größeren und anderen Aufgaben überging, hat dieses Weltall mir gelassen, und seht: ich bin nun euer Gott und König.

Ich habe euch zuvor gesagt, daß die negative und die positive Kraft nach dem All-Gesetz pulsieren sollen. Ihr fragt euch, was ich damit meine. So lese ich in eueren Gedanken.

So hört gut zu, und prägt es euch gut ein: Gerade diese auserwählte Schar, von der auch schon Propheten sprachen, soll diese Botschaft weitergeben an die Wesen in den Welten. Die Natur und auch das Leben in dem All sind weit, weit größer, als irgendeine Seele fassen kann, die in das Erdenfleisch gekleidet ist. Deshalb will ich euch das *jetzt* erzählen, da eure Seelen von der engen Wohnstatt frei sind.

Wenn die negative Kraft sich wiederum der positiven nähert, gerade dann kann alles mit der Goldenen Stadt verglichen werden. Alles glitzert dann und glänzt; überall ist blauer Himmel, Sonnenschein, ertönen Lobgesänge für den Herrn des Alls.

Doch manchmal – so ist der Sinn der Urgesetze – sollen sich die Kräfte gleichsam voll entladen, ganz unabhängig voneinander. Und dann kommen trübe Tage, mit Regen und mit Wolkenschleiern; der Wohlgesang verstummt, als ob gar keine Vogelkehle den trüben Tag besingen möchte.

Die Lebewesen spüren, daß sie sich an einem solchen Tag bemühen müssen, das Gleichgewicht im Universum wiederherzustellen.

Alle geschaffenen Wesen haben von diesen beiden Kräften etwas in sich. So soll es sein, damit einst alle Menschen sehen werden: Ein jeder schafft sich selbst das Reich, in dem er leben wird. Darin gerade liegt das ‹Paradies›.

In meinem Innersten spüre ich, wie ihr ungeduldig darauf wartet, das Schlußdrama auf Erden zu erleben. Doch seid darauf gefaßt: Kein Auge hat je derart Furchtbares erblickt.»

Die Schar versammelte sich mit dem Herrn und König am äußersten Rand des «Himmels» – des Himmels, der nicht mit dem irdischen Himmelsgewölbe zu verwechseln ist. War nach dem fürchterlichen Sturm noch etwas Lebendes auf Erden zu entdecken?

Ja, *nicht alles* hatte diese Erde in sich verschlingen können. Es schien, als sei sie übervoll in ihrem Innern.

Ganz still betrachtete die Schar mit ihrem hohen König alles.

Der König sprach, bevor das Todesdrama anfing:

«Ihr wißt, daß die Atomkraft den Menschen zur Verfügung steht. Doch sie nutzen sie zu tödlicher Vernichtung. Als ‹Kernwaffe›. Seht nun genau hin, meine Freunde, was die noch lebenden Geschöpfe auf der Erde tun.

Seht euch die Maschinen an, mit denen sie herumfliegen. Raumschiffe oder Raumfahrzeuge sind es, mit denen sie zu anderen Planeten unterwegs sind.

Als die Menschen auf die Hilfe Gottes bauten und nur aus Abenteuerlust im Dienst des Friedens zu anderen Planeten fuhren, geschah nichts Schlimmes.

Doch jetzt, seht nur, o Freunde ... Doch verzeiht mir meine Tränen, die nun vor Trauer über meine Wangen laufen. Seht nur diese feuersprühenden Weltraumraketen, die man aus dem großen Land abschießt, das dem andern Lande, welches seinerseits den Mond aus friedfertiger Neugierde besuchte, lange unterlegen war. Jetzt haben sie Kernwaffen mitgenommen, um sie auf der grauen, kahlen und von Kratern übersäten Oberfläche des Mondplaneten zur Explosion zu bringen!

Seid nun darauf gefaßt, wie der unglückliche Planet an seinem ganzen Leib erzittern wird nach der Bombenexplosion. Da der Mondplanet keine Atmosphäre hat, die ihn umgibt und schützt, wird rund um ihn herum eine Kettenreaktion bewirkt. Schaut dort, schon sind die todbringenden Raumschiffe wieder fortgefahren. Um sich in Sicherheit zu bringen, zur Erde hin.

Doch hört, ihr lieben Freunde: Die Natur ist eine ebenso gestrenge wie gerechte Herrscherin. Die Erdbewohner haben ihre heiligsten Gesetze übertreten. Und das taten sie, nicht ohne daß dies Folgen hatte.»

Die hartgeprüfte, trauernde Natur sprach mit der Erde; sie deutete auf den zum Tod verwundeten Trabanten und sagte: «Du, Erde, wirst den Tod des Mondes nur ein paar Stunden überleben. Mit meiner Hilfe, Erde, sollst du die noch übrigen Lebewesen ganz verschlingen, sämtliche Vulkane sollen tätig werden und deinen ganzen wunden Leib in Brand stecken. Du sollst eine feierliche Feuerbestattung haben. Doch deine Seele, gute Erde, wird eine neue Hülle zum Geschenk bekommen.

Auch einen anderen Trabanten wird man dir verleihen, der im Weltenall für Ordnung sorgen soll. Der Vatergott wird einen mächtigen, gesunden Planeten teilen lassen, daraus soll dann die neue Erde werden. Der kleine Teil davon wird dann der neue Erdtrabant, der Mond, sein. Genau wie heute wird es wieder werden. Der Mond war ja auch einmal ein Teil von deinem Körper, der erst bei der Teilung durch den Weltenvater zu deinem Mond geworden war. Sonst hätte dich kein Lebewesen je bewohnen können.» – So hatte die Natur zur Erde wiederum gesprochen.

Jetzt sah die Schar vom Himmelsrande aus, wie die ganze Erde sich in einer einzigen großen Feuersbrunst auftat. Sie sah, wie die Raumfahrzeuge über dem glühenden Abgrund des Planeten kreisten; sie sah, wie der Mond, der Erdtrabant, den diese eben erst verlassen hatten, blutrot brannte. Und da! Der Trabant und Freund der Erde zersprang in tausend Stücke! Rotglühende Mondentrümmer wurden in den schwarzen Weltenraum geschleudert.

Die Erde, seine «Mutter», ging dem gleichen Untergang entgegen. In Todesangst zogen nun die Raumfahrzeuge in einem leeren Universum ihre Kreise. Keine Erde mehr. Kein Mond mehr. Kein Himmel. Nichts, nur leere Nichtigkeit.

Außerhalb der Fahrzeuge konnte man die Angstschreie nicht hören. Die weiße Schar sah, wie die kostspielig gebauten Raumfahrzeuge einfach in den glühenden Erdenabgrund tauchten. Neue Welten hätten sie den machtbesessenen Herrschern auf der Erde bald erobern sollen, Weltenkörper, auf denen diese Erdenherren über die anderen Erdenwesen hätten herrschen können. Doch Gottvater hat sich vorbehalten, die Ordnung seines Alls selbst festzusetzen. Die Erdgeschöpfe waren nun bis an die Grenze dessen vorgedrungen, was Er tolerieren konnte.

Jetzt hörte man unendlich viele Klagerufe, Abgrundsschreie, die den Raum wie Lanzenspitzen zu durchbohren schienen. Es roch nach abgebranntem Wald, nach verbranntem Fleisch; Rauch und dicker Nebel legten sich über die sterbende Erde. Da, plötzlich zersprang die rauchende Erde in Millionen Splitter. Die Erde, die so lange Zeiten doch die Heimat aller Menschen war!

Ein fürchterliches Krachen dröhnte durch den Raum. Grenzenlos, maßlos, unvergleichlich. Wie ein riesiges Feuerwerk verteilte sich der Erdenkörper – schreckliche Sekunde! Dann, dann ... wurde alles schwarz. Schwarz und undurchdringlich finster.

Weg war die Erde, weg der Mond. Leer war die Weite außerhalb des «Landes», in dem sich unsere Schar befand.

«Doch das Reich, o Meister, das Reich, in dem wir mit Dir leben sollen?» kam es sorgenvoll aus dieser Schar.

Der Meister mit dem roten Mantel sagte:

«Meine lieben Freunde, hat euch denn Gottvater nicht einen neuen Himmel und eine neue Erde versprochen? Schaut hierher: Bald werdet ihr das Schönste sehen, was je ein Mensch gesehen hat. Betrachtet euer neues Reich! Seht, wie schön die neue Erde strahlt in ihrer ganzen Pracht! Seht ihren Trabanten, den neuerschaffenen Mond. Seht den Himmel, ein schönerer Himmel wurde nie gesehen. Durchsichtig blau, mit einer Farbe, die so klar und mild ist wie der ewige Blick des Vaters und des Herrn. Seht die Berge, Wälder, Täler und Wiesen, seht die Blumen. Seht auch den Trabanten, den Nachfolger, der der neuen Erde helfen soll, ihr Reich geordnet zu erhalten.»

Die treue weiße Schar, die durch ihre liebevollen Wanderungen im Weltenall mit ihrem Herrn die festgesetzte Zeit verbringen durfte, wie es versprochen worden war, schaute über den Raum hinaus und betrachtete in tiefer Demut und in Dankbarkeit den neuen Himmel und die neue Erde. Doch niemand in der ganzen Schar verspürte volle, ungeteilte Freude.

«So sage uns, Du König, wo es mit den Elenden in jenen Tiefen hingeht? Wir können unseres Friedens nicht recht froh sein, solange noch so viele leiden!»

Der Meister sagte: «Seid nicht betrübt, ihr teuren Freunde, wenn die Zeit gekommen ist, sollt ihr diesen armen Wesen Licht und Frieden bringen. Dann sollt ihr ihnen von der *einen* großen Wahrheit künden, daß die

Liebe alles kann, verzeiht und schafft. Verkünden werdet ihr, daß es keine ewige Hölle gibt, genausowenig wie ein ewiges Himmelreich und Paradies. Lehren werdet ihr, daß die Menschen sich die Reiche selber schaffen. Lehren, daß man den freien Willen genauso gut, ja sogar noch besser dazu brauchen kann, das Gute statt das Böse auszuführen.

Und denkt daran, ihr Lieben, daß es gerade eure Demut und die Liebe war, die ihr zu allen Lebewesen hegt, die euch hierher in dieses Reich der Seligkeit geführt hat. Das Versuchsreich kann ich es auch nennen. Hier sollen Menschen fühlen können, wie es ist, mit allem, was geschaffen wurde, in voller Einigkeit und Harmonie zu leben. Ich will euch offenbaren, daß diese armen Wesen, die am liebsten Böses taten, Schritt für Schritt dem Licht entgegenkriechen werden. Ich muß im Herzen weinen, wenn ich bedenke, wie die großen Männer in der Kirche laut und ohne mit der Stimme zu erzittern, vom unbeugsamen Zorn des Vaters, meines Herrn, gepredigt haben. Gepredigt, daß er seine gefallenen Geschöpfe ins ewige Feuer schicke. Wie sehe ich sie vor mir, diese oftmals bis zum Wahnsinn furchtdurchsetzten Menschen, die mit ihrem inneren Auge das ewige Feuer sahen, das sie in ewigen Ewigkeiten plagen sollte! Menschen, die im Innern dachten, daß sie nicht auf solche Weise lebten, daß sie selber in das Reich der Seligkeit hätten kommen können.

Nun werdet ihr, ihr meine Lieben, nach dem Tausendjährigen Reich, allesamt und ausnahmslos, an ganz verschiedene Orte in der Welt geschickt, wo diese armen Wesen unterwegs sind, um das Licht zu finden. Nichts wird umsonst gegeben. Ich, euer Helfer, euer König, will dies jedoch nicht von euch *verlangen*. Nein, aus freiem Willen sollt ihr zu den Armen gehen, die dem Weg der bösen Macht gefolgt.

Es ist ein ungeschriebenes Gesetz im Geiste aller Seelen, die das Rechte denken: daß sie stets den Schwächeren und Unterdrückten auf dem Weg zur Ewigkeit Beistand leisten sollen. Bald kommt die Zeit – die Zeit, mit der ich selbst nicht rechne, mit der jedoch gerechnet werden muß, wenn man von Erdenleben spricht –, da wir vom Reich Besitz ergreifen sollen.

Bei eurer ganzen Erdenwanderung werde ich stets bei euch sein: in Gedanken, Worten, Taten.

Schon höre ich die stille Frage, wie ihr dort geboren werden sollet. Ist es doch ein reiner, feiner Erdenkörper, welchen zu besuchen die böse Macht noch nicht Gelegenheit bekam. Ob ihr als neugeborene Erdenkinder dahinkommen werdet oder als erwachsene Wesen? Noch könnt ihr nicht ganz ungehindert vorwärts oder rückwärts in die Ewigkeit den Einblick nehmen. Es ist auch nicht gemeint, daß man alles auf ein Mal erfassen soll. Ich, euer König und Meister, schau hindurch durch allen Dunst und Nebel, durch alle Schleier, die schützend über alten sowie neuen Ewigkeiten liegen. Ich spreche meist von Ewigkeiten, weil der Begriff der Zeit nur dem

Kreislauf der Planeten und den Geschöpfen, die auf ihnen leben, angehört.

Nun sollt ihr alle wissen dürfen, wie ihr in diesem Reich des Friedens leben sollt. Es gibt dort keine Einwohner, ehe *wir* hinkommen. Ich sage ‹wir›, denn ich begleite euch dahin. Weil ich der Herr bin, allwissend, allmächtig und allweise, kann ich auf göttliche Art und Weise solche Einwohner dorthin ‹einpflanzen›, die genügend würdig sind, um eure Erdenleiber zu empfangen. Wie das geschehen wird, das will ich eine Zeitlang für mich selbst behalten, da man mit großen überirdischen Wundertaten leicht Hohn und Spott betreiben kann.

Was ich hier ausspreche, wird in Büchern aufgeschrieben, die in der Menschenwelt gelesen werden. Deshalb muß ich sorgfältig darauf bedacht sein, daß alles das, was an die Erdenmenschen dieser Zeit herangelassen wird, entweder in Gleichnissen und Sagenform erzählt wird oder auch in einer andern Weise, damit diejenigen, die Augen haben, sehen können, und die, die Ohren haben, hören mögen.

Doch nun, geliebte Freunde, sollt ihr alle eine Weile ruhen, bevor wir unsere Tausendjährige Wanderung antreten – die Wanderung, die der Preis sein wird für den Eintritt in die höheren Welten.

Viele auf der Erde gibt es in dieser Ewigkeitsstunde, die meine aufgeschriebenen Worte lesen und dann sagen werden: Das widerspricht der Bibel. Wir glauben nicht an solche Märchen. Da sage ich: Große Teile dieser Bibel sprechen gegen meines Herrn und Vaters Wahrheit wie auch gegen meine eigenen Worte. Alles ändert sich beständig, doch das ewige Gesetz der Liebe des Großen, Wahren Gottes – es ist unveränderlich.

Ruht nun eine ‹Zeitlang› aus, meine Lieben, wir treffen uns im Reich der Güte wieder.»

«Hast du das Buch gelesen, das der weise Mann vom Tale schrieb?» so fragte eine junge Frau einen guten Freund.

«Nein», erwiderte der Freund, «doch was hat es denn mit diesem Buche auf sich?»

«Wenn du es erfahren möchtest, so will ich es dir gerne sagen. – Der weise Mann erzählt darin von einer bösen Erde, die einst genau an diesem Orte war, den dann unsere Erde im weiten All einnahm. Er berichtet auch von einem kleinen Weltenkörper, der der Erde folgte oder seinen Platz ganz in ihrer Nähe hatte. Auch Geschöpfe gab es dort, die einander nichts als Böses wollten. Sie raubten sich ihr Eigentum, sie kämpften um die Macht, um Ehre, um das Erdenreich. Schließlich kämpften sie auch um den Erdtrabanten, welchen sie den ‹Mond› geheißen hatten. Doch das genügte nicht: Sie raubten sich auch gegenseitig ihre Leben.

Als dann das Böse allzu groß geworden war, sprengten sie sowohl den eigenen Planeten als auch den Mondtrabanten in die Luft, so daß nur Chaos, Dunkelheit und Tod und Qual zurückblieb.

· Die alte Erde und der Mond zerfielen zu ganz feinem Staub, zu kleinen Teilchen, die umherirrten und nun im Weltall hin und her gewirbelt wurden. Sie faßten nirgends Fuß, sowenig wie die todbringenden Kapselmänner, die im leeren wüsten Raum herumgetrieben wurden, nachdem sie schon die ‹Kernwaffen›, das Gift des Bösen, überall verbreitet hatten – das Abgrundsgift der Königin Lucifias.

Und so nahm dann unsere Welt den Raum ein, wo sich früher die zersplitterte Erde und der Mond befunden hatten.

Wie oft schon haben wir uns doch gefragt, was der graue ‹Ring› sein mag, der unsere Welt umgibt. Darüber sagt der weise Mann in seinem Weisheitsbuch:

‹Es ist die zersplitterte Erde und der zersplitterte Mond, die sich danach sehnen, wieder zu einem ganz gesunden Planeten zu werden. Der zersprengte Staub wurde von den gleichen Stellen angezogen, den diese Weltenkörper früher, als sie noch heil und ganz gewesen waren, eingenommen hatten.›

Doch unser eigener Planet, der gute ‹Prisma›, konnte durch das Licht in seinem Reich bewirken, daß die noch bösen Teilchen Abstand halten mußten. Da wurden sie zu einem Gürtel, der gleichsam einen Ring um den Planeten bildet. Den Schatten dieses Ringes können wir auf unserem Planeten ständig vor uns sehen.

Der weise Mann schreibt auch in seinem Buch, daß gerade solch ein ‹Staubring› um Planeten ein Zeichen dafür ist, daß böse Weltenkörper, die sich früher in der gleichen Raumeslage aufgehalten hatten, einst zersplittert wurden. – So ist das heilige Gesetz: der Herr, der große König, kann teilen und kann heilen lassen nach seinen ewigen Gesetzen.

Einmal in der Ewigkeit, werden diese Staubringe erneut zu einem ganzen Körper werden und im Universum ihren Platz bekommen. Dann werden die Atome durch den langen Reigen, den sie um den guten Weltenkörper machten, der dann gleichsam ihren Kern darstellt, gereinigt werden.» –

Die gute, junge Frau auf «Prisma», dem Planeten wahrer Güte, hat aufgehört zu sprechen. Tod und Krieg sind unfaßbar für sie.

Sie lebt in einer Zeit des Friedens; sie weiß nicht viel von den Gesprächen, die sie und auch die andern Wesen mit dem Höchsten Herrn vor diesem Erdenleben führten. Sie weiß allein, daß ihre Welt ganz hell und schön ist; daß sie sich auf ihre Mitmenschen verlassen kann; sie weiß, daß sie von Krankheiten und Plagen, von Not und Elend stets verschont bleibt; sie weiß, daß sie in einem feinen Paradiese lebt, und weiß auch: Das ist der Lohn dafür, daß sich die Menschen gut verhalten hatten.

Doch sie weiß noch mehr. Durch das Buch des alten, weisen Mannes. Sie weiß, daß das ferne Böse auch auf diesem Weltenkörper Einlaß finden kann. Und sie weiß auch, daß der Aufenthalt auf dem Planeten Prisma nicht unendlich lange dauert. Der große, dunkle Schatten, den der Staubring der verderbten Erde wirft, soll die

Bewohner des Planeten dauernd an die andere große Macht gemahnen, die auch im Universum herrscht. Dieser Schatten soll für sie stets eine Hilfe sein, dem Dunklen, Unbekannten zu entfliehen. Eiseskälte herrscht in seiner Nähe. Wie eine fremde Welt liegt der unfreundliche schwarze Gürtel um den Planeten Prisma, wie wenn er ihn in einem Eisengriff umklammert hielte.

Seit sie das Buch des weisen Mannes kennt, sieht sie, als Prisma-Wesen, die Welt mit anderen Augen an. Nun ist sie wach geworden gegenüber den heranschleichenden Übeltätern wie dem Neid, der Reizbarkeit, der Kleinlichkeit und anderen aufkeimenden Symptomen für den Geist der bösen Königin. –

Wer aber war der weise Mann? Er sagt, er habe auf der anderen Erde einst gelebt. Er erzählt auch, daß er die großen Wahrheitsgesetze schon damals kannte.

Am Schluß des weisen Buches, das er «Quell der Ewigkeit» genannt hat, berichtet er, wie böse Menschen ihn enthaupten ließen. Ein Abgrundsweib verlangte, daß man ihr sein Haupt auf einer Platte bringe. Er konnte sich an jene durch und durch verderbte Erde ganz genau erinnern. Gerade deshalb schrieb er ja das Weisheitsbuch.

Auch die Erde war einmal ein gutartiger All-Planet gewesen. Genau wie Prisma. Doch die böse Macht bekam die Erde in den Griff. Und ähnlich konnte man auch hier auf Prisma erste Anzeichen von Feindschaft und von Unruhe erahnen. Doch der «Quell der Ewigkeit» erzählt von den Dämonen der Natur, die über den gemarterten Planeten Erde rasten; und erzählt vom Schrecken, welcher um sich griff, als die Erde gegen all das Böse ihren Aufstand machte. Das Buch erzählt von den Naturgesetzen, die im ganzen Weltall herrschen, und wie stets alles seinen ewigen Bahnen folgt, wie alle Wesen den unsterblichen und freien Willen haben und die Welten entweder zu Freude oder Kummer treiben können, zu Leben oder Tod, zu Frieden oder Krieg.

Der weise Alte wollte uns mit seinem «Quell der Ewigkeit» von dem geheimnisvollen schwarzen Schatten reden, dem Zeichen der Erinnerung an jene böse Erde – dem Planeten, der durch Haß und Bosheit in das All zerstiebte, dem Planeten, den er selbst in Stücke springen sah, wie er nach der Explosion der Kernwaffen den Mond in Blut zerbersten sah. Davon berichtete der Weise, der einst auch sah, wie Berge in den Abgrund sanken und Täler sich mit tosendem Gewässer füllten, wie Häuser einstürzten, wie Menschen umgebracht und auch verstümmelt wurden; der Kinder und Erwachsene gesehen hatte, die vor Angst und vor Verzweiflung rasend schrien; der den Tod sah, Leichen und Zerstörung, die alles in den Würgegriff bekam: Menschen, Tiere und auch Pflanzen.

*

Das war ein böses Märchen, einmal im Menschenreich – – – *Als der Sturm kam.*

Von mir, Barbro Karlén, geschrieben 1969

NACHWORT

Eine apokalyptische Dichtung in apokalyptischer Zeit

Bemerkungen zur deutschen Erstausgabe dieses Buches

von Thomas Meyer

Remember that you have looked upon cataclysms
many times and have always risen triumphant
D. N. Dunlop

Die deutsche Erstausgabe der Erzählung *Als der Sturm kam* fällt in den Herbst des Jahres 1995. Dies ist in mancher Hinsicht ein zum Inhalt dieser Dichtung passender Termin. Eine 50-Jahres-Brücke des Gedenkens bindet das Jahr 1995 an den «Sturm» des Zweiten Weltkriegs, der zwischen 1939 und 1945 tobte. Und wie am Ende der Erzählung *Als der Sturm kam* die überstandenen Katastrophen vom Planeten «Prisma» aus betrachtet werden, so schaut die Menschheit 1995 auf die gespensterhafte Zeit des Zweiten Weltkriegs und des Holocaust zurück.

In aller Welt gedachte man am 8. Mai der Kapitulation der Deutschen Wehrmacht, der Befreiung der Nationen vom Naziterror und der Abermillionen Opfer, die der Krieg verschlungen hatte.

Auch der UNO-Gründung (im April 1945) wurde 1995 weltweit feierlich gedacht, obwohl die Leistungen und die Erfolge dieser Weltorganisation im Jahre 1995 alles andere als zum Feiern Anlaß bieten; ein Blick auf den inzwischen permanent gewordenen Balkankrieg zeigt es klar und deutlich.

Und ein weiterer düsterer Punkt am andern Ende der 50-Jahres-Brücke bleibt zu erwähnen: Am 6. August 1945 ging die erste Atombombe über Japan nieder und beendete damit den Weltkrieg im Pazifik.

Die Gedenkfeiern an das Ende des Zweiten Weltkriegs, an den Holocaust und an Hiroshima bilden gleichsam einen in die Gegenwart gestellten «Ring der Mahnung» – dem Ring auf dem Planeten «Prisma» ähnlich –, den die Menschheit dauernd um sich hat und der verhindern möchte, daß sich die Katastrophen aus dem zweiten Drittel des Jahrhunderts jemals wiederholen.

Doch wie soll die Mahnkraft dieser Katastrophen wirksam werden, solange dieser «Ring» von weltweit etablierten Unwahrheiten und Verschleierungen eingewickelt ist? [1]

Ferner müßten solche Feiern einen völlig anderen Charakter tragen, als es zur Zeit noch üblich ist; sind sie heute doch zumeist von Phrasenhaftigkeit und unfruchtbarer Sentimentalität gekennzeichnet. Beherrschte erstere besonders UNO-Feiern, so war die letztere mehr an Holocaust-Gedenkfeiern zu finden.

Nichts kann wohl die Phrasenhaftigkeit der UNO-Feiern mehr erhellen – von der heuchlerischen UNO-Politik im ehemaligen Jugoslawien einmal abgesehen – als das wahnwitzige Insistieren Frankreichs, im Hiroshima-Gedenkjahr erneut Atomtests im Pazifik durchzuführen.

Und was die relative Unfruchtbarkeit des Holocaust-Gedenkens anbetrifft, so sei an dieser Stelle auf die vielen Anne-Frank-Ausstellungen oder Aufführungen des Anne-Frank-Dramas von Albert Hackett und Francis Goodrich-Hackett hingewiesen, die 1995 durch die Welt gegangen sind. [2]

So ernstgemeint und eindrücklich die Tatsache der weltweiten Erinnerung an das vielleicht bekannteste Opfer des nationalsozialistischen Rassenwahnes an sich ist, so sehr muß doch gefragt werden, warum denn solches weltweite Gedenken so weniges bewirkt. Denn in Wirklichkeit geht ja der Holocaust in abgewandelter, mehr dezentralisierter Weise weltweit unaufhörlich weiter. Man braucht nur Namen wie Ruanda oder Bosnien auszusprechen, um sich das klarzumachen. Die Menschheit steht also, der scheinbar überwundenen Tragödien sich erinnernd, inmitten weiterer Tragödien, die in Wirklichkeit die Fortsetzung der ersteren darstellen. Zu einem *wirksamen* Gedenken gehören also offenbar noch Elemente, die heutzutage weltweit fehlen.

Im Sinne der Erzählung von Barbro Karlén gesprochen: der Rückblick auf die Katastrophen des zweiten Drittels des Jahrhunderts erfolgt zumeist noch nicht vom Standpunkt des Planeten «Prisma» aus. Ja es fragt sich, ob dieser Wandelstern der «Güte» am Horizont der heutigen politischen Entscheidungsträger auch schon ein allerschwächstes Licht verbreitet.

Doch nur im Blick auf die gesamte Dichtung *Als der Sturm kam* kann deutlich werden, welche Elemente des Bewußtseins und des Seins diesen Welten-Schauplatz «Prisma» und die Menschen, die er trägt, kennzeichnen.

Wandern wir nun also die Erzählung als ein Ganzes durch und suchen wir zuerst die roten Fäden, die den ganzen Text durchweben. Und vergessen wir dabei an keiner Stelle, daß die ganze Dichtung vom Gesichtspunkt einer grandiosen Erdenzukunft aus geschrieben ist, vom künftigen Planeten «Prisma» aus.

Am Anfang der Karlénschen Dichtung steht ein «himmlisches» Konzil: die Natur tritt mit dem Menschen (später mit der Erde) in ein Zwiegespräch. «Himmlisch» ist das Zwiegespräch zu nennen, da es sich, für Sinnesohren unhörbar, hinter oder über der Natur abspielt, die vor unsern Augen sichtbar ausgebreitet liegt. Die Natur erscheint in dem Gespräch somit als geistig-unsichtbare Wesenheit; *die* Natur, die wir mit Augen sehen, ist gleichsam nur die sinnliche Erscheinungsweise dieser Wesenheit. Das gleiche gilt auch von der Erde, die später ebenfalls ins Zwiegespräch mit der Natur tritt.

Das ist natürlich heute eine ungewöhnliche Betrachtungsweise der Natur. Doch noch zur Zeit des Mittelalters war es ganz geläufig, von der *Natura* als von einer sehr realen Wesenheit zu sprechen, die hinter allem Wachstum, allem Sprossen und Vergehen der äußeren natürlichen Erscheinungswelt zu finden ist. Göttin Natura wurde diese Wesenheit konkret genannt. Man braucht nur in die Schriften der Platoniker von Chartres und verwandter Geister einen Blick zu werfen, um dieser Göttin zu begegnen. Um nur zwei Beispiele zu nennen: Sie tritt uns aus dem *Anticlaudian* von Alanus ab Insulis entgegen wie auch aus dem *Tesoretto* von Brunetto Latini, dem großen Lehrer Dantes.

So vergessen diese Auffassung nun heute ist, so wird sie für die Weltbetrachtung vom Standpunkt des Planeten «Prisma» aus erneut errungen werden müssen. Und alle noch so mutvollen und edlen Anstrengungen um den Fortbestand der Erde – oder, wie man heute vielleicht eher sagen würde, um das ökologische Gleichgewicht unseres Planeten –, wie sie etwa *Greenpeace* unternimmt, werden auf die Dauer doch nur wenig fruchten, wenn sie nicht durch eine spiritualisierte Anschauung von Erde und Natur begleitet werden. So etwa könnte man die Botschaft des Konzils der göttlichen Natura mit dem Menschen und der Erde an die Umweltschutzbewegungen des 20. Jahrhunderts deuten ...

Im Verlaufe dieses himmlischen Konzils wird der Beschluß gefaßt, daß die Natur – mit Hilfe von der Erde und von «Bruder Sturm» – Stürme über Welt und Menschheit fegen läßt, um die Menschen, welche die Natur wie auch die Erde dauernd schänden und die Weltgesetze ignorieren, zur Umkehr wachzurütteln. Doch die leichtsinnigen Erdbewohner haben sich vom Schrecken und vom Schaden bald erholt, und alles bleibt beim alten. Und nun folgt nach dem Ratschluß der Natur der wahre Sturm, denn es war «die große Änderung notwendig» (S. 20).

In diesem Augenblick betreten wir das Reich des Königs und der Königin, in dem der Sturm und seine Folgen wirken. Der gute König und die böse Königin sind wie Sinnbilder von zwei polaren Strömungen innerhalb der Menschheit, ja innerhalb eines jeden Einzelmenschen. Der König will im Einklang mit den objektiven Weltgesetzen leben, die Königin will sich selbst, will ihre Subjektivität zum obersten Gesetz erheben. In letzterem besteht ein wichtiges Ferment von allem «Bösen». Böse wird das «Subjektive», wenn es absolut sein will. Nicht umsonst erfahren wir an späterer Stelle (S. 79), daß der Name dieser Königin *Lucifias* ist. Dieses Böse ist so stark, daß es zunächst über das im König inkarnierte Gute die Oberhand gewinnt. Der König stirbt, doch nur um geistig fortzuleben. «Sein ewiges Ich kehrte in die wahre Heimat ein» (S. 27). Die Erzählung zeigt, daß Tod und Mord nur die Hülle eines Menschen treffen können. Sein unsterblicher und unzerstörbarer Ich-Kern hebt sich wie ein Phönix aus der Asche zu einem andern Sein. Und während nun der König mit der Frage «Wo ist *er, der Höchste?*» in diese Wandlung seines Daseins eingeht, entrollt sich vor dem Leserauge das Gedicht, das der tote König einst für den Freund und Bildhauer Carl Oscar aufgeschrieben hatte. Carl Oscar schuf die Statue, die «Der Mensch» heißt und die bis zum Todestag des Königs im großen Schloßpark stand.

Damit werden die dramatischen Natur-Geschehnisse und der Mord am König mit dem Fall des Menschenbildes in Zusammenhang gebracht. Und um das wahre, nun vorerst gestürzte und zerstörte Bild des Menschen geht es nun im ganzen langen Einschub in Gedichtform. Und was ist das Wesentliche dieses Menschenbildes? Es ließe sich vielleicht wie folgt umreißen: Der Wesenkern des Menschen, der unzerstörbar ist, kleidet sich in immer neue Erdenformen. Ein und dieselbe Individualität erscheint in einer Reihe von Persönlichkeiten als deren innerste Essenz. Die Dichtung zeigt, daß zwischen zwei Verkörperungen sogar ein äußerst kurzer Zeitraum liegen kann. So ist der angegebene Zusammenhang von Michelangelo und Rubens wohl mehr als Ausdruck dieser Möglichkeit von kurzen Zwischenzeiten zwischen zwei Verkörperungen aufzufassen denn als tatsächliche Wahrheit über die genannten beiden Künstlerindividualitäten. Zum wahren Menschenbild, wie es im Gedicht des Königs, gewissermaßen in der «Dichtung dieser Dichtung» auftritt, gehört jedoch nicht nur die Reinkarnationsidee, sondern auch die Auffassung, daß diese heute wieder mehr Beachtung findende Idee im vollen Einklang steht mit dem Impuls des Christentums. «Auch Christus kam, zu künden / von diesem Wahrheitswort. / Dafür kam er ans Kreuz», heißt es im Gedicht des Königs (S. 44f). Wer glaubt, die Reinkarnationsidee widerspreche wahrem Christentum, der übersieht, daß sich schon in den Evangelien wenige, doch sehr gewichtige Aussagen in ihrem Sinne finden. Man denke etwa an die Antwort Jesu auf die Frage nach Elias, die drei Jünger stellen (Math. 17, 9ff.). Jesus sagt: «Elias ist bereits gekommen, und die Menschen haben ihn nicht erkannt (...) Da verstanden die Jünger, daß er von Johannes dem Täufer von ihnen sprach.» Im «Gedicht des Königs» sagt Christus, gleichsam in der Linie des Johannes-Wortes weiterredend (S. 46): «Alle müssen wissen, / daß sie stets neu erstehen (...) Versteh'n, daß sie schon lebten / und immer leben fort, / daß Leben teils der Erde, / teils Himmeln angehört.» Die Reinkarnation erscheint in der Karlénschen Dichtung somit geradezu als eine Quintessenz des Christentums.

So bietet das Gedicht des Königs gewissermaßen den Ersatz für das zerschlagene Menschenbild des Bildhauers Carl Oscar. Es verdeutlicht, was das Kunstwerk, das zerstört am Boden liegt, dem Betrachter hatte sagen wollen. Es erinnert dadurch an das wahre Menschenbild. Daß es hier tatsächlich um die Idee, um die Frage nach dem wahren Menschen-Wesen geht, wird vollends deutlich, wenn wir nach dem Ende des Gedichts des Königs «aus der Dichtungs-Welt in die kalte Wirklichkeit zurückkehren» (S. 47), in die Welt also, in der das wahre Menschenbild in Bruchstücke zerschlagen liegt oder noch in hohem Maße unverwirklicht ist.

Im Fortgang der Erzählung betrachten nun Natur und Erde in einer Art von Zwischenakt sinnend das Zerstörungswerk, das der Sturm – ein Bruder der Natur – hervorgerufen hatte.

Und die Natur fordert die Erde auf, den zweiten Akt der kosmischen Belehrung der verstockten Menschheit einzuleiten und ihre Abgrundtiefen aufzutun und mit Hilfe der Natur Erdbeben und Überschwemmungen hervorzubringen. «Da begann die Erde – die so sanft und gut ist, wenn sie niemand reizt, fest entschlossen und gerecht in dem naturverliehenen Verstand –, das Gemeinschaftswerk der Vollendung zuzuführen.» Städte, Straßen, Wälder, Menschen – alles wird von ihr verschlungen. Nur noch wenig Land und Leben bleibt verschont.

Das weitere spielt nun im Himmel, in einem Himmel aber, der nicht welt-entrückt in einem bodenlosen Jenseits ist, sondern von dem aus man am Erdenschicksal innig Anteil nimmt. Wir treffen hier den guten König wieder, der wie der Vatergott verherrlicht wird. Und hier nimmt die Erzählung eine wandlungsreiche Wendung: Es erscheint der Reiter mit dem roten Mantel auf dem weißen Pferd. Wer kennte nicht das Bild aus dem 20. Kapitel der Offenbarung des Johannes? Doch dieser «apokalyptische» Reiter offenbart sich in der Karlénschen Dichtung als die metamorphosierte Menschen-Statue, als der von Carl Oskar geschaffene «Mensch». «Als Liebeszeugnis kam ich / zum Schloß des Paares her», sagt der Reiter unter anderem über seine frühere Erdenaufgabe.

Hinter dieser Statue steht also (wie hinter aller echten Kunst) eine ganz reale Geistgestalt. Der Reiter ist gleichsam der reale «Ideal-Mensch» hinter der Statue «Mensch». Und er tritt nun mehr und mehr als Rater und als Wegweiser der Himmlischen hervor.

Er verkündet seiner Schar, daß es jetzt «Prüfungszeit» sei. Und er zeigt ihr, daß alles Böse, und sei es noch so schrecklich, zeitlich ist und nur Irrlehren die «Ewigkeit» des Bösen und der Hölle postulieren können. Er lehrt die Selbstverantwortung des Menschen für sein Schicksal: «Ihr selber schreibt die Worte / ins große Buch des Lebens.» Und er erinnert seine Schar an die wahre Menschenwürde, wenn er ausruft: «Du Mensch, du bist das Größte / im weiten Weltenall. / Du sollst auch sein der erste, / der meine Lehre hat.» Und schließlich verspricht er den Seinen ein Neues Reich, in welchem sie an seiner Seite tausend Jahre herrschen sollen – ja vielleicht auch länger, denn er rechnet mit den unberechenbaren freien Taten, die alle Prophezeiungen durchbrechen können. «Denn niemand wird bestimmen / das Geistes-Ich in euch. / Das würde sogleich hemmen / des Vaters Freiheits-Recht.»

Diese Schlußpassage des «Gedichts des Reiters» ist besonders aufschlußreich, wenn man von den mehrfachen motivischen Anklängen an die Johanneische Apokalypse ausgeht. Die in Barbro Karléns Dichtung enthaltene Miniatur-Apokalypse erscheint so stellenweise wie eine lebendige Fortentwicklung von Elementen, die in der großen Apokalypse Keim geblieben waren. Das gilt zum Beispiel für das Freiheits-Element, das in dieser expliziten Weise in der großen Offenbarung fehlt. Gerade solche Stellen können einen Sinn für die *Entwicklung* wecken, die mit allen Wesens-Offenbarungen zutiefst verbunden ist. So entwickelt sich sogar der zu einem «Vatergott» gewordene gute König. Er überträgt dem Reiter, seinem «Sohn», die Krone für sein Reich und «schreitet fort zu Welten über diesem Reiche» (S. 59). Selbst die höchste Gottheit ist nicht statisch vorzustellen, vielmehr ist auch sie in dauernder Entwicklung, allerdings in einer Weise, «die nicht für eure Ohren oder eueren Verstand gedacht» ist! So offenbart sich an recht vielen Stellen der Erzählung *das Zentralgeheimnis der Entwicklung* und an wenigen wie der hier erwähnten *das Geheimnis des Geheimnisses;* wenn auch letzteres infolge des Gesetzes der Entwicklung selbstverständlich immer nur ein *relatives* sein kann. Ein absolut, das heißt für alle Zeiten, alle Ohren und für jeglichen Verstand Geheimes läßt die wirkliche Entwicklung ja nicht zu! Kann das sich offenbarende Geheimnis der Entwicklung unseren Geist befeuern, so kann das andere sich offenbarende Geheimnis des noch Ungeoffenbarten die Seele des Erkennenden bescheiden stimmen. Und es ist wohl kaum ein Zufall, daß in der in Rede stehenden Karlénschen Dichtung beides Hand in Hand auftritt.

Nur wenn man vom Gesetz der allumfassenden Entwicklung ausgeht, kann der Bogen, den «Gottvater» für sich selbst von einem ganz gewöhnlichen Erdenmenschen, vom «Sproß von Davids Haus» bis zum Vatergott hinauf spannt, der seinerseits schon im Begriffe ist, in noch höhere Regionen aufzusteigen, verständlich werden. Dieses Wesen, das als Mensch, Jesus, als Erdenkönig und Gottvater in Erscheinung tritt, mag manchem Leser als recht uneinheitlich vorkommen. Doch zwei Aussagen von ihm können deutlich machen, daß es im Grunde nur in beispielhafter Art *die ewige Entwicklungsfähigkeit von allen Wesen* selbst verkörpert: «Ich stand da, wo Menschen stehen», sagt «Gottvater» von sich selbst, und kurz darauf: «Alle werden stehen, wo ich stehe.» Im Sinne der Erzählung *Als der Sturm kam,* kann eben jeder Mensch dereinst ein «Christus», ein «Gottvater» werden. Diese Namen stehen hier viel mehr für ganz bestimmte Stufen der Entwicklung als für bestimmte Individualitäten.

Nachdem «Gottvater» seinen Sohn, den «Reiter», zum neuen Herrscher ausgerufen hatte, verheißt er seiner Schar noch neue Erdenleben, *in Erdenleibern, die nicht zerstörbar seien*. Eine ungewöhnliche Verheißung, für Kenner der Geisteswissenschaft von Rudolf Steiner – wie auch noch manche andere Einzelheit [3] in *Als der Sturm kam* – von größtem Interesse. Dann zieht er sich in höhere Regionen zu neuen «Aufgaben» zurück und verläßt damit den weiteren Fortgang der Erzählung.

Nun steht der «Sohn» und «Reiter» ganz im Vordergrund. Und aus der Schar der Weißgewandeten ertönt zunächst ein reicher Dank für das, was Er bei seinem ersten Auftreten gesprochen hatte. Am meisten freut sich diese Schar darüber, daß ihr Meister sie für den umfassenden Gedanken der Entwicklung zu befeuern wußte und den starren, falschen Ewigkeitsgedanken abwies und verwarf. «Ewige» Strafen wie «ewige» Seligkeit sind Zerrbilder des Menschengeistes: statt auf «ewige» Entwicklung hinzublicken, konstruiert sich der durch Angst und Dogmen eingeschränkte Geist solche Pseudo-Ewigkeiten absoluter Starre.

Auch diese Stelle zeigt, welcher Wert in dieser Dichtung – und dasselbe könnte auch von andern Werken von Karlén behauptet werden – auf das richtige Erfassen des Werdens in der Welt gelegt wird.

Auch vom *wahren* Ewigen spricht der neue König, der Reiter mit dem roten Mantel, zu den Seinen. So unerbittlich alle wahren ewigen Gesetze (und alle wirklichen Gesetze haben Ewigkeitscharakter) in ihrem Wirken sind, so hängt es doch vom Menschen und von seinen Freiheitstaten ab, *wie* sie in seinem Werdegang und seinem Leben wirken werden. Das tönt zunächst vielleicht sehr widersprüchlich. Ein Beispiel möge diesen Widerspruch beheben. Angenommen, es ist im Sinne solcher ewigen Gesetze, daß der Mensch auch mit dem Bösen konfrontiert wird, so ist damit noch keineswegs bestimmt, daß er dem Bösen zu verfallen braucht. «Wie die ewigen Gesetze wirken, hängt davon ab, wie einer lebt», heißt es in unserer Erzählung (S. 64). «Wer Weizen sät, wird Weizen ernten; wer Unkraut sät, wird Unkraut ernten (...) *Doch vergeßt nie, daß der freie Wille niemals aufhört.*»

Mit andern Worten: Niemand ist gezwungen, Unkraut auszusäen. Doch tut er es, dann wird er nach den ewigen Gesetzen Unkraut ernten. Trotzdem hat er nach wie vor die Freiheit, das nächste Mal statt Unkraut Weizen auszusäen ...

Die Seinen fragen ihren Meister: «Wofür sollen wir denn kämpfen, wenn doch das Böse niemals ganz vertrieben werden kann?» Hierauf entwickelt nun der Reiter-König eine Art Rechtfertigung des Bösen innerhalb des Schöpfungsganzen: «Ich will das Böse übersetzen und es als negative Kraft bezeichnen, das Gute aber nenne ich die positive Kraft. Diese beiden Kräfte aber sollen dauernd wirken.» Man könnte meinen, hier würde einem starren Weltendualismus das Wort geredet. Weit gefehlt! Denn nun heißt es: «Doch es liegt im Sinn der *Urgesetze,* daß sie in normaler Weise wirken. Und normal will heißen, daß immer ein gewisser Widerstand am Werk sein muß. Nur darf er nie so groß sein, daß auch nur ein einziges Wesen leiden muß.» Über dem «Guten» und dem «Bösen» (der positiven und der negativen Kraft) steht also noch ein Reich der «Urgesetze». Diese sind das dritte, welches letztlich über allem Gegensatz von «Gut» und «Böse» thront; die «Urgesetze» sind das (absolute) Gute, das den Gegensatz des (relativen) «Guten» mit dem «Bösen» vollkommen umfaßt. Nur den Urgesetzen selbst kommt also wahrer Ewigkeitswert zu, und deshalb ist es unsinnig, auch dem Bösen Ewigkeitscharakter zuzuschreiben. Die «Urgesetze» regeln das Verhältnis zwischen «Gut» und «Böse» so, daß alles Böse für den Menschen als Ansporn der Entwicklung dienen kann. Ohne diesen relativen Gegensatz von Gut und Böse würde die Entwicklungskraft erschlaffen. Darin liegt die kosmische Funktion des von den Urgesetzen zugelassenen Bösen: dem Menschen zu ermöglichen, sich für die positive oder auch die negative Kraft in Freiheit zu entscheiden. Ja, in dieser tatsächlich vorhandenen Fähigkeit der Menschen-Freiheit, und nicht in einem unerreichbaren und bloß geglaubten Jenseits, wird das «Paradies» gesehen (S. 64, 68): «Vergeßt nie, daß der freie Wille niemals aufhört (...) Ein jeder schafft sich selbst das Reich, in dem er leben wird. *Darin gerade liegt das Paradies.*» Man muß weit suchen, um heutzutage in der Dichtung eine derart grandiose Auffassung der Freiheitsfähigkeit zu finden. Als philosophisches Gedankenkunstwerk ist eine solche Freiheits-Auffassung allerdings schon seit mehr als hundert Jahren in der Welt. [4]

Soviel zu der bemerkenswerten Sicht von «Gut» und «Böse» und von der Menschenfreiheit, wie sie in der vorliegenden Dichtung in Erscheinung tritt.

Nachdem die Schar der Nichtverkörperten diesen Unterricht erhalten hatte, will der Reiter-König ihr vom Geisterlande aus den Schlußakt des so schreckerfüllten Erdendramas zeigen. Die Erdenmenschen haben Kernwaffen nicht nur auf dem

Erdplaneten stationiert, sondern auch zum Mond gebracht. Und sie jagen diesen Erdtrabanten in die Luft, und auch die Erde selbst wird dadurch in den Untergang gerissen. «Weg war die Erde, weg der Mond», heißt es in einem episch-ruhigen Ton, der nur verständlich ist, wenn man bedenkt, daß die Mond- und Erdenkatastrophe ja vom Zukunfts-Standpunkt des Planeten Prisma aus erzählt wird. «Leer war die Weite außerhalb des Landes, in dem sich unsere Schar befand.»

Es ist dies einer der dramatischsten Momente in der ganzen Dichtung: Die totale Auslöschung von zwei Planeten und allem, was auf ihnen lebt und west. Die Dichtung hält hier gleichsam ihren Atem an – und läßt uns Zeuge eines neuen Weltenwerdens werden. Auch Planeten also können wieder neu erstehen und sich von neuem inkarnieren. Fast tröstlich kann es für den Leser sein, zu sehen, daß auch die Schar der Weißgewandeten einen Augenblick den Daseinsboden wanken fühlt und von Ängstlichkeit ergriffen scheint: «Doch das Reich, o Meister, in dem wir mit Dir leben sollen?» Haben sie sich dieses Reich doch noch zu irdisch vorgestellt und sehen es jetzt ebenfalls bedroht, wenn nicht sogar vernichtet? Fast will es uns so scheinen. Der Meister muß die Seinen jedenfalls zunächst daran erinnern, daß ihnen doch «ein neuer Himmel und eine neue Erde versprochen worden» war.

(Wir sind hier wiederum in größter Nähe zu einem Wort der Offenbarung des Johannes [Kap. 21.]: «Und ich sah einen neuen Himmel und eine neue Erde.») Und dann, wie aus dem eben erst geschauten Nichts heraus zaubert er den Seinen diese Neue Welt hervor. Und sie schauen einen neuen Himmel, eine neue Erde, einen neuen Mond.

So leben sie im «Tausendjährigen Reich» (S. 74f.) mit ihrem Meister. Auch dieser apokalyptische Begriff ist hier von Bedeutung: Tausend Jahre lang wird nach der Offenbarung des Johannes (Kap. 20) der Satan festgebunden sein, und von den Menschen mit den weißen Gewändern heißt es: «Diese lebten und herrschten mit Christus tausend Jahre lang.» In großartiger Weise offenbart sich aber auch das «Tausendjährige Reich» unserer Dichtung als ein Reich, in dem nichts statisch bleibt. Der Reiter-König sagt von diesem Reich: «Das Versuchsreich kann ich es auch nennen. Hier sollen Menschen fühlen können, wie es ist, mit allem, was geschaffen wurde, in voller Einigkeit und Harmonie zu leben.»

Die Schar der Weißgewandeten gibt sich nun im «Tausendjährigen Reich» nicht etwa selbstischer Glückseligkeit darüber hin, daß sie selbst gerettet wurde. Wir stehen wiederum vor einer einschneidenden und doch subtilen Wendung: Sosehr die «Himmlischen» sich dieser Welten-Neugeburt erfreuen, so sehr empfinden sie im gleichen Augenblick auch die Beschränktheit dieser ihrer Freude durch das Leid von allen jenen Wesen, die noch in den Tiefen wohnen. «Sage uns, du König, wo es mit den Elenden in jenen Tiefen hingeht? Wir können unseres Friedens nicht recht froh sein, solange noch so viele leiden!» Der Impuls der Freude tritt also nicht losgelöst von dem Impuls der unbegrenzten Bruderliebe auf.

An dieser Stelle möchten wir auf eine weitere Parallele zu der *Offenbarung* des Johannes weisen. Was wird uns bei Johannes über diese Schar der «Auserwählten» auf den weißen Pferden und in den weißen Gewändern mitgeteilt? «Sie sind es, die aus dem großen Leid kommen. Sie haben ihre Gewänder gewaschen und leuchtend weiß gemacht durch das Blut des Lammes» (Kap. 7, 14).

«Die aus dem großen Leid kommen» – wie könnten sie, auch wenn sie in der Freude leben, vergessen, daß noch ungezählte Menschenbrüder selbst in Leid und Sorge leben? Aus dem Mit-Leid-Anteil ihrer spirituellen Freude wird nun der Impuls geboren, den Mitgeschöpfen helfend beizustehen. «Seid nicht betrübt, ihr teuren Freunde», sagt der Meister zu der Schar, «wenn die Zeit gekommen ist, sollt ihr diesen armen Wesen Licht und Frieden bringen.» Der Reiter-König beginnt darauf, die Seinen, die bis dahin seine Schüler waren, auf ihre Lehrer- und Begleiterrolle im nächsten Erdenleben vorzubereiten, und legt ihnen von neuem die Lehre von dem freien Willen an das Herz, durch den sich jeder Mensch den «Himmel» oder auch die «Hölle» selber schafft.

Auf das «Tausendjährige Reich» folgt dann die «Tausendjährige Wanderung» zur neuen Erde. Diese ist «ein reiner, feiner Erdenkörper, welchen zu besuchen die böse Macht noch nicht Gelegenheit bekam». So geht nach einer relativen, weil keineswegs entwicklungslosen Ruhezeit wieder alles in Bewegung und in äußere Entwicklung über. Und von der bevorstehenden Wanderung zu der neuen Erde, die auch das «Reich der Güte» heißt, erfahren wir noch, daß sie der Preis sein wird für den Eintritt in noch höhere Welten.

Doch worin besteht denn nun, so mögen wir hier fragen, in dieser grandiosen Symphonie der Menschen- und der Weltentwicklung das wahre Unveränderliche? Oder gibt es nichts, das nicht im Flusse ist? Der Reiter-König gibt darauf die Antwort: «Alles ändert sich beständig, doch das ewige Gesetz der Liebe des Großen, Wahren Gottes – es ist unveränderlich.»

Und seine allerletzten Worte an die Seinen sind: «Ruht nun eine ‹Zeitlang› aus, meine Lieben, wir treffen uns im Reich der Güte wieder.»

*

Dieses Reich der Güte ist die neue «Erde», der «reine, feine» Planetenkörper mit dem Namen «Prisma». Endlich sind wir, nach einer weiteren überraschenden Wendung, an dem «Orte» angelangt, der der eigentliche Quellort dieser Dichtung ist. Ferner wird die ganze Dichtung nun dem Reiter-König zugeschrieben, der jetzt «der weise Mann vom Tale» heißt und von dem wir ohne Nennung seines Namen des weiteren erfahren, daß er einst auf Erden der enthauptete Johannes war. Auch dieses Detail unterstreicht noch einmal indirekt die spirituelle Nachbarschaft zur *Offenbarung* jenes anderen Johannes. [5]

Wir werden Ohrenzeugen des Gesprächs, das zwei Bewohner des Planeten Prisma über den im Buch des Reiter-Königs dargestellten fürchterlichen Untergang des Erdplaneten führen. Und jetzt erst, durch das Buch des weisen Alten, wird den Prisma-Menschen ein für sie bis dahin ungeklärtes Rätsel aufgelöst: das des grauen Prisma-Ringes, der um den Weltenkörper läuft. Er ist die kosmische Erinnerung an den Untergang der alten Erde und des alten Mondes. Der Prisma-Ring «ist die zersplitterte Erde und der zersplitterte Mond, die sich danach sehnen, wieder zu einem ganz gesunden Planeten zu werden. Der zersprengte Staub wurde von den gleichen Stellen angezogen, den diese Weltenkörper früher als unversehrte Planeten eingenommen hatten.»

Es kostet die junge Frau auf Prisma einiges an Anstrengung, sich geistig eine Zeit zu denken, in der nicht Friede herrschte, sondern Krieg und Tod. Denn sie lebt auf dem Planeten «wahrer Güte». Doch es würde schlecht zu dieser *Dichtung der Entwicklung und der Freiheit* passen, wenn sie eine Art von Happy Ending hätte. Auch der Prisma-Friede ist nicht ohne weiteres von ewiger Natur, gleichsam garantiertermaßen. Aus dem Buch des Alten, das auf Prisma offenbar für einige Bewegung sorgt, erfährt die Prisma-Menschheit, «daß das ferne Böse auch auf diesem Weltenkörper Einlaß finden kann». Und der graue Prisma-Staubring soll zur Mahnung dienen, «gegenüber den heranschleichenden Übeltätern wie dem Neid, der Reizbarkeit, der Kleinlichkeit und anderen aufkeimenden Symptomen für den Geist der bösen Königin» bewußtseinswach zu werden.

*

Erinnerung an eine Katastrophenzeit als Mahnung, für das Böse wachzuwerden: So endet die Karlénsche Dichtung, und dieses Ende bringt uns an den Anfang unseres Kommentars zurück.

Der Holocaust, der Zweite Weltkrieg, der Abwurf der ersten A-Bomben sind der Ring, auf den die Menschheit heute blickt. Doch noch scheint man weit davon entfernt zu sein, die Mahnkraft dieses Ringes zu beachten. Ein Doppelsymptom zeigt dies deutlich. Fünfzig Jahre nach dem Holocaust gibt es Menschen, die den Holocaust zu leugnen suchen; fünfzig Jahre nach dem Tod von Anne Frank gibt es Menschen, die die Echtheit ihres Tagebuchs bezweifeln.[6] Beides geht oft Hand in

Hand. Kein Wunder, war doch Anne Frank weltweit zu einer Art von Inbegriff und Mahnsinnbild des Holocaust-Terrors geworden.

Als am 8. Mai dieses Jahres 1995 im Basler Münster eine der zahlreichen Fünfzig-Jahr-Feiern abgehalten wurde, las ein Schulmädchen auch aus dem Tagebuch von Anne Frank vor.

Eine der letzten Eintragungen in diesem Tagebuch hat den Wortlaut: «Das ist das Schwierige in dieser Zeit: Ideale, Träume, schöne Erwartungen kommen noch nicht auf, oder sie werden durch die grauenhafteste Wirklichkeit getroffen und so vollständig zerstört.

Es ist ein großes Wunder, daß ich nicht alle Erwartungen aufgegeben habe, denn sie scheinen absurd und unausführbar. Trotzdem halte ich sie fest, trotz allem, *weil ich noch immer an die innere Güte der Menschen glaube.*»

Wie hat sich nun, so wird man vom Gesichtspunkt der Karlénschen «Dichtung der Entwicklung» fragen dürfen, die Kerngesinnung eines solchen jungen Menschen fortentwickelt? Wie würde Anne Frank denn *heute* sprechen? Solche Fragen wenigstens einmal im Ernste aufzuwerfen ist notwendig, wenn man über die ganz einseitig in die Vergangenheit gerichtete Betrachtungsart des Lebens und des Schicksals anderer Menschen anders denken lernen möchte als so, daß deren Fortentwicklung nach dem Tode und in einem neuen Erdenleben ignoriert oder sogar prinzipiell geleugnet wird. Gerade vom Gesichtspunkt der Karlénschen Dichtung *müssen* solche Fragen aufgeworfen werden, obwohl es heutzutage noch selbst in sich für sehr gebildet haltenden Gesellschaftskreisen für fortschrittlich erachtet wird, dies zu unterlassen.

Doch dies zeigt nur, daß der heutigen, auf Schule und auf Universität gelehrten sogenannten Bildung kein wahres Menschenbild zugrunde liegt; es fehlt «Der Mensch». Und auf keine andere Weise als durch Erwerben eines spirituellen Menschenbildes können die Gedenkfeiern, wie man sie in diesem Jahre weltweit abgehalten hatte und wie man sie noch oftmals wird erleben müssen, aus dem heuchlerischen oder unfruchtbaren Fahrwasser herausgesteuert werden, in dem sie sich für eine kurze Weile fortbewegen, um vom Strudel neuer Katastrophen in die absolute Unbedeutendheit geschluckt zu werden.

Es dürfte also noch ein langer Weg zurückzulegen sein, bis auf solche Katastrophen wirklich aus der Prisma-Perspektive hingeschaut wird; und das würde heißen, vom Gesichtspunkt eines spirituellen Weltbilds aus, das mit den *Wesenheiten* von Natur und Erde rechnet, mit Dämonen wie mit förderlichen Geistern, die auf unterschiedlichster Entwicklungsstufe stehen. Und das würde ferner heißen, aus der Perspektive von Reinkarnation und selbstbestimmtem Schicksal, von immerwährender Entwicklung. Mit solchen Perspektiven schaut der Prisma-Mensch die Welt an. Der weise Alte, der wie ein roter Faden durch den Hauptteil der Erzählung schreitet, ist gewissermaßen *die* Verkörperung des neuen Prisma-Menschen. An ihm kann wohl am besten abgelesen werden, was Menschen-Wesen ist und was wahrhaftige Entwicklung dieses Menschen-Wesens durch verschiedene Erdenleben sein kann.

Erinnern wir uns aber hier, in welcher Form uns dieser weise Alte zum ersten Mal begegnet war. Als die Statue, die

«Der Mensch» hieß und die im Sturm zertrümmert wurde. So ist er zunächst nur im wahrsten Sinne Vor-Bild, nur ästhetischer Schein. Doch das hat seinen tiefen Sinn. Es kommt damit zum Ausdruck, daß im Zeitalter der Freiheit keine noch so hoch entwickelte Persönlichkeit auf andere in einer andern Weise wirken sollte als so, daß stets die Freiheitsfähigkeit geachtet bleibt. Und am besten wird sie wohl geachtet werden, wenn durch die Kunst oder durch das reine Denken im freilassenden Bilde *Möglichkeiten* der Entwicklung ausgestaltet werden.

Ein solches Bild hat uns Barbro Karlén mit diesem jetzt, am Ende des Jahrhunderts, ganz besonders relevanten Buch geschenkt. Mögen viele Leser aus dem Bild auch Wirklichkeiten machen wollen.

Anmerkungen und Hinweise

1 Heute sind noch nicht einmal gewisse höchst entscheidende Tatbestände über Anfang, Dauer und Ende des Zweiten Weltkriegs ins allgemeine Bewußtsein eingedrungen. Wir nennen hier nur einige der wichtigsten:
- Der Einmarsch der Hitlertruppen in die entmilitarisierte Rheinlandzone im März 1936 hätte von Franzosen und Briten verhindert werden können. (Siehe: Renate Riemeck, *Mitteleuropa – Bilanz eines Jahrhunderts*, 3. Aufl. Potsdam 1989)
- Mit dem Einmarsch ins Sudetenland im Herbst 1938 verband man in gewissen Kreisen Großbritanniens die Erwartung, Hitler würde nun demnächst in die Ukraine vorstoßen. (Siehe: Riemeck, op. cit.)
- Adolf Hitler, zweifellos ein von dämonischen Mächten Besessener, wurde von gewissen westlichen (und klerikalen) Kreisen in kalkulierter Art nicht nur toleriert, sondern indirekt gefördert. (Siehe: Riemeck, op. cit., Anthony Sutton, *America's Secret Establishment*, Billings, USA, 1986.)
- Von britischer und amerikanischer Seite wurde der deutsche Widerstand, obwohl genauestens bekannt, nicht entschieden unterstützt. (Siehe: Patricia Meehan, *The Unnecessary War*, London 1995.)
- Der Zweite Weltkrieg hätte mindestens zwei Jahre früher beendet werden können. Die schon längst bekannte systematische Hinauszögerung der Errichtung einer zweiten Front im Westen, hauptsächlich durch Winston Churchill, ist jüngst mit unzähligen neuen Dokumenten

belegt worden. (Siehe: Valentin Falin, *Zweite Front – Die Interessenskonflikte der Anti-Hitler-Koalition*, München 1995.)

- Bereits im Gründungsakt der UNO im Opernhaus von San Francisco wurde der kalte Krieg faktisch initiiert, durch Einschleusung der Paragraphen 51 und 52 in die UNO-Charta, die die Bildung von Regionalabkommen gestatteten, welche zu verhindern ja ein angeblicher Zweck der UNO-Gründung war. Paragraph 52 diente künftig einer «legalen» Isolierung der UdSSR. (Siehe L. L. Mathias, *Die Kehrseite der USA*, Hamburg, 10. Aufl. 1985.)
- Der Abwurf der Atombomben über Hiroshima und Nagasaki war militärisch überflüssig und sollte den Russen zeigen, wer nach Beendigung des Krieges faktisch *die* Welt-Supermacht war. (Siehe Mathias, op. cit.)

Die in diesen sieben Punkten aufgezählten Fakten müssen im Kontext einer weltpolitischen Langzeitplanung gewisser einflußreicher anglo-amerikanischer (und vatikanischer) Kreise betrachtet werden, die das slawische Zukunftselement des Ostens unter Ausschaltung des mitteleuropäischen Einflusses nach ihren einseitigen Interessen formen wollen. Einflußreiche Exponenten dieser Kreise: Cecil Rhodes, Averell Harriman, Winston Churchill u.a.; heute: Zbigniew Brzezinski u.a. Natürlich sind solche Intentionen nicht dem gesamten englischen oder amerikanischen Volke zuzuschreiben, das auch universell denkende Persönlichkeiten wie Emerson und Shakespeare hervorgebracht hat. (Siehe dazu: R. Steiner, *Zeitgeschichtliche Betrachtungen*, Bd. I u. II, Dornach 1978ff;

Helmuth von Moltke – Dokumente zu seinem Leben und Wirken, Bd. I u. II, Basel 1993 ff.; Th. Meyer, *Ludwig Polzer-Hoditz – Ein Europäer*, Basel 1994.)

2 Um nur zwei Beispiele zu nennen: Am 4. Mai 1995 wurde in London eine große Anne-Frank-Ausstellung eröffnet; in Anwesenheit von Miep Gies, die nach dem Zweiten Weltkrieg das Tagebuch von Anne Frank auffand. In der Schweiz durchläuft 1994/95 eine Anne-Frank-Wanderausstellung eine ganz Reihe größerer Städte.

3 Rudolf Steiner spricht vom wahren unsichtbaren Urbild des physisch-mineralischen Leibes, der dem unzerstörbaren Auferstehungsleib Christi wesensgleich sei. Siehe R. Steiner, *Von Jesus zu Christus*, Dornach, 7. Aufl. 1987. – Weitere Einzelheiten dieser Dichtung, die für eine geisteswissenschaftliche Betrachtung von Interesse sind: Auf S. 71 erfahren wir, daß der Mond einst Teil der Erde gewesen sei. Nach geisteswissenschaftlicher Erkenntnis ist dies in einer fernen Vergangenheit der Erde tatsächlich einst der Fall gewesen. Erst in der lemurischen Zeit spaltete sich der heutige Mond von der Erde ab. – Die Wahl des Namens «Prisma» läßt an die Siebenzahl denken, infolge der sieben Farben, in die das Licht durch das Prisma zerlegt wird. Die Geisteswissenschaft spricht von *sieben* planetarischen Verkörperungen des Weltkörpers, der heute «Erde» heißt. –

4 Es heißt *Die Philosophie der Freiheit* und stammt von Rudolf Steiner.

5 Für die Geisteswissenschaft besteht eine innigste Beziehung zwischen Johannes dem Täufer und jenem Johannes, «den der Herr lieb hatte» und der nach seiner Auferweckung als Lazarus zum Jünger und Evangelisten und Verfasser der Apokalypse wurde. Siehe: R. Steiner, *Esoterische Betrachtungen karmischer Zusammenhänge*, Bd. IV (letzte Ansprache), Dornach 6. Aufl. 1991. Ferner: *Das Christentum als mystische Tatsache*, Dornach, 9. Aufl. 1989. – Eine künstlerische Empfindung dieser Wesensnachbarschaft der beiden Johannes-Gestalten findet man auf der Darstellung der Kreuzigung von Mathias Grünewald in Colmar.

6 Siehe dazu: Deborah E. Lipstadt, *Betrifft: Leugnen des Holocaust*, Zürich 1994.

Im Perseus Verlag sind ferner erschienen:

Barbro Karlén, **Eine Weile im Blumenreich** (2. Aufl.)
SFr. 32.–/DM 31.–/ÖS 260.– ISBN 3–907564–14–6

Barbro Karlén, **Der Brief der Lehrerin** (2. Aufl.)
SFr. 29.–/DM 29.–/ÖS 235.– ISBN 3–907564–13–8

Ludwig Thieben, **Das Rätsel des Judentums**
SFr. 43.–/DM 42.–/ÖS 360.– ISBN 3–907564–07–3

Karl Heyer, **Wesen und Wollen des Nationalsozialismus**
SFr. 49.–/DM 49.–/ÖS 410.– ISBN 3–907564–08–1

Karl Heyer, **Rudolf Steiner über den Nationalismus**
SFr. 32.–/DM 31.–/ÖS 225.– ISBN 3–907564–12–X

Th. Meyer (Hg.), **Helmuth von Moltke –
Dokumente zu seinem Leben und Wirken**
2 Bde. SFr. 74.– (78.–)/DM 74.– (79.–)/ÖS 630.– (670.–)
ISBN 3–907564–15–4 (–16–2)

Th. Meyer, **Ludwig Polzer-Hoditz – ein Europäer**
SFr. 79.–/DM 84.–/ÖS 690.– ISBN 3–907564–17–0

*Zwei weitere Werke von Barbro Karlén
im Frühjahr 1996:*

Der Mensch auf Erden, Eine Weile in Abgrundtiefen